善く死ぬための身体論

内田樹
Uchida Tatsuru
成瀬雅春
Naruse Masaharu

a pilot of wisdom

まえがき　善く死ぬためには、生命力が高い必要がある

内田　樹

みなさん、こんにちは。内田樹《たつる》です。

今回は成瀬雅春先生との対談本です。成瀬先生とは以前『身体で考える。』（マキノ出版、二〇一一年）という対談本を出しましたので、これが二冊目となります。

成瀬先生と初めてお会いしたのは、一九九〇年代の初め頃ですから、もう四半世紀ほど前になります。成瀬先生のことは、先生の下でヨーガの修業をされていた合気道自由が丘道場の笹本猛先輩からよく伺っておりましたし、著作も何冊か拝読しておりました。その成瀬先生が西宮の教会で「倍音声明《ばいおんしょうみょう》」（瞑想法のひとつ。大勢で声を出し、その音の集合体の中に身を置く）のワークショップをやるというのを知って、「おお、これは行かねば」と神戸女学院大学合気道部の学生たちを引き連れて行ったのが先生とお会いした最初です。

小さな教会で、参加者もごく少人数でしたけれど、初めてお会いする成瀬先生はそんなこと

気にする様子もなく、機嫌よく倍音声明のやり方を僕たちに教えて、「じゃ、始めましょう」とセッションを進めました。僕の中では成瀬先生は「すごくミステリアスな、近寄り難い人」という先入観があったので、こんなに間近で、こんなに親密な環境でやりとりできるとは思っていませんでした。それですっかり安心して、その半年くらいあとに大阪であった倍音声明のセッションにも参加しました。

でも、その後阪神の震災があって、僕も被災して、生活再建に手間取り、病気にもなって、しばらく成瀬先生との交流も途絶えていました。先生との交流が再開したのは、震災から数年経《た》って、五反田にある成瀬先生のヨーガ教室で、僕の合気道の師匠である多田宏先生（合気会師範、合気道九段）と成瀬先生との対談を聴きに行った時です。大変おもしろい対談でした。

帰途、五反田駅まで歩く道筋で、多田先生に「成瀬先生って、本当に空中に浮くんでしょうか？」と伺ってみたら、多田先生がにっこり笑って「本人が『浮く』と言っているんだから、そりゃ浮くんだろう」とお答えになったのが僕の腹にずしんと応えました。なるほど。

武道家は懐疑的であってはならない。

そんな命題が成立するのかどうかわかりませんけれど、何を見ても、何を聴いても、疑いのまなざしを向けて、「そんなこと、人間にできるはずがないじゃないか」というふうに人間の可能性を低めに査定する人間が武道に向いていないことはたしかです。

でも、実際にそのような「合理的」な人は武道家の中にもいます。そういう人は筋肉の力とか、動きの速度とか、関節の柔らかさというような、数値的に表示できる可算的な身体能力を選択的に開発しようとする。でも、実際に稽古をしている時に僕たちが動員している身体能力のうち、数値的に表示できるものはたぶん一パーセントにも満たないんじゃないかと思います。していることのほとんどは、中枢的な統御を離れて、自律的に「そうなっている」。いつ、どこに立つのか、どの動線を選択するのか、目付けはどこに置くのか、手足をどう捌《さば》くのか、指をどう曲げるのか……などなど。ただひとつの動作を行うにしても、関わる変数が多すぎて、そのすべてを中枢的に統御することなんか不可能です。身体《からだ》が勝手に動いている。身体が自律的にその時々の最適解を選んでくれる。淡々と稽古を積んでゆくうちに、そういう「賢い身体」がだんだんでき上がってきます。それは「主体」が計画し、主導しているプロセスではありません。

武道の稽古においては、「こういう能力を選択的に開発しよう」ということができません。だって、「どういう能力」が自分の中に潜在しているかなんて僕自身が知らないから。あることができるようになった後に、「なんと、こんなことができるようになった」と本人もびっくりする。そういうものです。そういう修業においては事前に「工程表」のようなものを作成することができない。自分が何をしたいのか、何ができるようになるか、予測できないんですから。

そのどこに向かうのかわからない稽古の時に手がかりになるのはただひとつ「昔、こういうことができる人がいたらしい」という超人たちについてのエピソードです。そのような能力の「かけら」でも、もしかすると自分の中には潜在的にあるのかもしれない、修業を積んでいるうちに、思いがけなくそういう能力が部分的にではあれ発現するかもしれない、それだけが修業の手がかりになります。とにかく、僕はそういうふうに考えることにしています。

そういうわりと楽観的でオープンマインデッドな修業者と「そんなこと、人間にできるはずがない。そういうのは全部作り話だ」と切って捨てる「科学主義的」な修業者では、稽古を一〇年二〇年と重ねてきた後に到達できるレベルが有意に変わります。これは間違いない。

どんな異能であっても、「そういうことができた人がいる」という話は受け入れる。「そういうことって、あるかもしれない」と思う。そして、どういう修業をすれば、どういう条件が整うと、「そういうこと」ができるようになるのか、その具体的なプロセスについて研究し、実践してみる。僕はそういうふうに考えています。

だって、それによって失われるものなんか何もないんですから。自分の中に潜む可能性を信じようと、信じまいと、日々の稽古そのものに割く時間と手間は変わらない。だったら、「そういうことができる人間がいる」と信じたほうがワクワクするし、稽古が楽しい。

人間の潜在可能性についてのこの楽観性と開放性は武道家にとってかなり大切な資質ではないかと僕は思います。現に、僕が尊敬している武道家である甲野善紀《こうのよしのり》先生も光岡英稔《みつおかひでとし》先生（国際武学研究会、日本韓氏意拳学会）も、「信じられないような身体能力の持ち主」についての逸話には大変にお詳しい。

ちょっと話が逸《そ》れましたけれど、とにかくその時に多田先生がにっこり笑っておっしゃった一言で僕は「武道家のマインドセット」がどうあるべきかについては、深く得心したのでした。成瀬先生が時々僕にお声がけをしてくれて、対談をするようになったのは、それからの話です。そのおかげで、対談本もこれで二冊目になったわけです。それはたぶん僕が成瀬先生が語られる「信じられないような逸話」について、「そんなことあるはずがないじゃないか」というような猜疑《さいぎ》のまなざしを向けず、「どういう条件が整えば、そういうことが起きるのか？」という方向に踏み込んでゆくからではないかと思います。

でも、これを「軽信」というふうには言って欲しくありません。不思議な現象に遭遇した時に、「自分の既知のうちにないものは存在しない」と目をそむける人より、「どういう条件が整えば『こんなこと』は起きるのか?」を問う人のほうがおそらく科学の発展には寄与するはずだからです。

今回の対談は「現代人の生きる力の衰え」についての話から始まります。どうしてこんなに生命力が衰えたのか。本書では語り切れなかったので、ちょっとだけここで加筆しておきますけれど、その理由のひとつは何だか散文的な表現になりますけれど、産業構造の変化だと思います。

それは農作物を作った経験のある人が少なくなったということです。

僕や成瀬先生が生まれ育った一九五〇年代の日本には農業就業者が二〇〇〇万人近くいました。ですから、多くの人にとって、「ものを作る」という時にまず脳裏に浮かぶのは農作物を育てることでした。種子を土に蒔《ま》いて、水や肥料をやって、太陽に照らし、病虫害から守っていると、ある日芽が出て来て、作物が得られる。人為が関わることのできるのはこのプロセスのごく一部に過ぎません。他にあまりに多くのファクターが関与するので、どんなものが出て来るのかを正確に予測することはできません。だから「豊作」を喜び、「凶作」に涙した。

でも、今はそんなふうにものを考える人はもう少数派です。現代人が「ものを作る」という時にまず思い浮かべるのは工場で工業製品を作る工程だからです。

学校教育がそうです。

僕が大学に在職していた終わりの頃には「質保証」とか「工程管理」とか「ＰＤＣＡサイクルを回す」というような製造業の言葉づかいがふつうに教育活動について言われるようになりました。缶詰を作るようなつもりで教育活動が行われている。だから、規格を厳守する、効率を高める、トップダウン・マネジメントを徹底させるというようなことが一九九〇年代から当たり前のように行われるようになりました。

この転換によって、「子どもたちのどのような潜在可能性が、いつ、どういう形で開花するかは予見不能である」という農作業においては「当たり前」だったことが「非常識」になりました。「どんな結果が出るかわからないので、温かい目で子どもたちの成長を見守る」という教師は「工程管理ができていない」無能な教師だということになった。それよりも、早い段階で、どの種子からどんな果実が得られるかを的確に予見することが教師の仕事になった。「何が生まれるかわからない種子」や「収量が少なそうな種子」や「弱い種子」は「バグ」として弾かれる。品質と収量が予見可能な種子にだけ水と肥料をやる。例の「選択と集中」です。人々がそういうふうに考えるようになったのは、別に教育についてのイデオロギーが劇的に転換したというわけではありません。ごく単純にドミナントな産業が農業から工業に変わったからです。

いずれ工業のメタファーも打ち捨てられて、ディスプレイに向かってかちゃかちゃキーボードを叩《たた》いているうちに銀行預金の残高が増えてゆくのが「生産」の一般的なイメージになり、それに即して学校教育の「当たり前」も変わってゆくはずです（たぶんその時には「創造的思考」とか「スマート化」とか「投資対効果」とかいう言葉が大学教授会で飛び交うことになるでしょう……、というかその頃にはもう大学教授会などというものはこの世からなくなっているでしょうけれど）。

産業は人間が作り出したものです。機械は人間が設計したものです。でも、ご覧の通り、人間は自分が作り出したものを「ものさし」にして、それを模倣し、それに従属して人間を「改鋳」しようとする。止《や》めろと言っても、そういうことをする。人間というのはそういう生き物なんです。

本書の中でも「機械論的な身体観を内面化させた人」についての論及がなされています。機械の動きというのは、人間の動きを単純化したものです（ヒンジ運動とかプレス運動とかは人間の自然な身体運用のうちにはありません）。でも、自分で機械を製作しておきながら、それに囲まれているうちに、機械の動きを模倣して身体を使うようになる。自分が作り出したものに支配される。マルクスが「疎外」と呼んだのはこのような事態のことです。

別にそれはそれでいいんです。人間というのは「そういうもの」ですから。自分が作り出したものに支配されるという倒錯も一種の能力と言えばそうなんです（動物にはそんな器用な真似《まね》はできません）。

でも、とりあえず現代人は工業製品の製造工程（というそれ自体すでにかなり時代遅れなプロセス）をモデルにして、自分の身体を使おうとしていることについては声を大にして言っておきたいと思います。中枢的に管理すること、個体を規格化すること、シンプルな「ものさし」に基づいて個体を格付けし、高い格付けを得たものに資源を傾斜配分する……という一連のプリンシプルに基づいて現代人は身体を使おうとしていますけれど、それはある歴史的な時期に固有の、一種の民族誌的偏見に過ぎません。そういうことを「どうしてもやりたい」という人は、お好きになさればいいと思います。でも、これは前期産業社会に最適化したプロセスですので、もうだいぶ前から使いものにならなくなっているということだけは知っておいたほうがいい。

僕たちがこの本の中で提言しているのは、とりあえずは、もう少し前の時代の、人間が工業生産のメタファーで身体をとらえる習慣がなかった時代の「身体の潜在可能性に対して楽観的であること、予見不能な資質について開放的であること」です。たぶん、このやり方のほうが「次の時代」に適応する可能性は高いと思います。

もうひとつ、この本では、「潜在可能性を開花させる」という向日的なテーマの他に、「善く死ぬ」とはどういうことかという、我々の年齢（もう古希ですからね）にふさわしいいささか重いテーマについてもかなり長い時間を割いて語っています。

ここでの僕たちの合意点は、一言で言えば、「善く死ぬためには、生命力が高い必要がある」ということです。

変な話ですけど、そうなんです。

健康で長生きすると「いいこと」があると昔父親が教えてくれました。父の説によると「健康で長生きすると死ぬ時、楽だから」だそうです（実際に父は長寿で、死ぬ間際までしっかりしていて、最期に家族に向かって「どうもありがとう」と言い残して永眠しました）。

なるほど。

僕くらいの年になると、もう死ぬことそのものは怖くないんです。やりたいことはだいたいやり尽くしたし、ライフワークとしていた仕事もほぼ片づきました。大切なミッションについては「あとを引き継ぎます」という次世代の後継者たちが育ってくれています。

だから、死について不安になるのは死そのものじゃないんです。どちらかというと、死んだ時に「あ、死ぬというのは、こういうことだったのか」と長年の問いの答えを得ることができるので、それを楽しみに待っているのです。

それでも心配になることがふたつあって、ひとつは死ぬ前に大病をして苦しい思いをすること。もうひとつは認知症になって、「内田センセも若い時は気の練れた人、ものの わかった人だったんだけど……年取るとあんなになっちゃうのかな。悲しいね」と言われることです（本人はもう惚《ぼ》けちゃっているので、悲しくも何ともないのですが）。

つまり、身体の健康と、頭の健康ですね。できれば、死ぬ直前まで心身ともに健康で、ある日「あ？　お迎え？」と呟《つぶや》きつつばたりと倒れて死んでしまうというのが望み得るベストなんです。

でも、そのためにはいろいろと生きているうちに努力しておかないといけない。

死に至る身体の病はほとんどが遺伝子由来のものですので、コントロールできることには限界があります。お酒も飲まず、煙草《たばこ》も吸わず、暴飲暴食を慎み、早寝早起きしていたけれど、若死にするということはよくあります。生活習慣も遺伝子には勝てない。僕らがある程度主体的にコントロールできるのは「心の健康」だけです。これは努力のし甲斐《がい》がある。

では、「心の健康」とは何のことでしょう。

それは「複雑化」ということじゃないかと僕は思っています。

僕の同級生たちはもう過半がリタイアしています。まだ自分の現場を持っている人もいますけれど、一線は退いている。でも、一線を退いて、悠々自適になると、態度に際立った変化が起こります。

頑固になるんです。「頑固爺《じ》い」になってしまう。

不思議ですよね。世の中の利害得失から超脱した身分になったはずなのに、そういう人ほど「言い出したら聞かない」し、「人の話を聞かない」ようになる。こちらが話しかけても、「そんなことはわかっているんだ」というような興味のなさそうな態度を取るようになる。ひどい時は人の話を遮って、「わかったわかった」とうるさそうに話を切り上げてしまう。

たぶん本人は「世の中の些事《さじ》はもうどうでもいいくらいにオレは解脱しちゃったんだ」というふうに自己正当化しているのかもしれませんけれど、僕の見るところ、違います。

この人たちは「複雑な話」をする能力がなくなってきているんです。

新しい変数の入力があった時に、それがうまく既知と同定できない場合、僕たちは自分の手持ちの「方程式」そのものを書き換えます。増えた変数が処理できるように、方程式の次数を上げる。話が複雑になってきた時には自分も複雑になってみせないと対応できないからです。

これが生物の本性なんです。進化の本質なんです。

入力がシンプルな時は、シンプルなスキームで対応できる。単細胞生物だったら、外界からの入力は「餌」か「捕食者」の区別ができればいい。「餌」なら食べる。「捕食者」なら逃げる。それで済む。でも、細胞分裂を繰り返して、だんだん生物の構成が複雑になってくると、外界からの入力の仕分け方もだんだん複雑になってきます。

複雑さを処理する基本のマナーは「判断保留」です。「何だかよくわからないもの」というカテゴリーを作って、「何だかよくわからないもの」はそこに置く。

船に乗っている時、夜の海上に何か揺れるものが見えたとします。何か規則的な動きをしている。でも、鯨か、難破船か、月の反射か、何だかわからない。そういう時に人間は、何かを見たけれど、それが何かを「決定しない」ということができます。「それが何を意味するのかわからないものがある」ということを受け入れる。それができるのは人間だけです。

老人になることで際立って衰えるのは、この「何だかわからないもの」を「何だかわからないまま」に保持しておく力です。中腰に耐える、非決定に耐える。何か追加的な情報入力があって、自分自身がもっと複雑な生き物になることによって複雑な事態に対処できるようになるまで、判断保留に踏《ふ》み止《とど》まること、年を取るとそれができなくなる。体力気力が衰えると、早く腰を下ろしたくなるんです。中腰つらいから。

オープンマインドとか「開放性」とかいうのも僕は同じことを指しているのだと思います。老人になって、現場を離れたことでまっさきに衰えるのは、この力です。自分をさらに複雑な生き物に進化させることで複雑な事態に対処するというソリューションが取れなくなる。むしろ、よりシンプルな生き物に退化することによって、事態をシンプルなものにしようとする。「オレにもわかる話」か「オレにはわからない話」かの二分法で入力を処理して、「単純なオレ」でもハンドルできるように事態を縮減する。

僕は「心の健康」というのはこのことじゃないかと思っているんです。老人になると、確実に身体は衰えます。でも、心は衰えに抗することができる。それは複雑化するということです。

老いるというのは自己複雑化の努力を放棄することだと僕は思います。いささかきつい言い方になりますけれど。こういうことを老人に向かって言う人はあまりいないみたいですので、あえて自戒を込めてそう申し上げます。

日本は超高齢社会にこれから突入します。当然、「老人向け書籍」市場にビジネスチャンスを求めていろいろな書き手が参入してきます。この本も、そういうもののひとつと思って読んでくださってけっこうです。

たぶんほとんどの「老人向け書籍」は「どうやったら楽になるか」「どうやったら話を簡単にするか」という方向で読者を惹《ひ》きつけようとすると思います。知的負荷をできるだけ軽減するように誘導する。でも、そうやってどんどん老い込んでゆくのはあまり賢い生き方だとも、楽しい生き方だとも僕は思いません。みなさんはこれからあと本文に入られるわけですけれど、出て来るのは「変な話」が多いです。それを読んで「そんなことも、あるかもしれない」と言って中腰で耐えることができるかどうか、そのあたりを自己点検してくださるとよろしいかと思います。

本書は、最初成瀬先生が二〇一八年の秋に個展を開かれることになっていて、それに合わせて出版するはずだったのですけれど、よい版元が見つからず、いささかご無理をお願いして、集英社新書から出してもらうことになりました。その時に、集英社編集部から対談で触れたトピックのうちで「善く死ぬ」という主題にフォーカスした形で出したいという要望がありました。たしかに、対談では「死ぬこと」に繰り返し触れています。でも、勘違いしないでくださいね。この本は別に「老人向け」のものではありません。若い人にこそ読んで欲しいと思います。死ぬ準備はいつ始めても早すぎるということはないからです。

僕は能楽のお稽古をしているのですが、前に、あるインタビューで「老後の趣味として能楽なんかやるのはどうでしょう?」と訊《き》かれて、「老後になってからじゃ遅すぎます」とわりと冷たい返事をした覚えがあります。老後になって能楽を楽しみたいと思ったら、リタイアするまでにそれなりのキャリアを積んでいる必要があります。リタイアした後の生活を充実したものにしようと思ったら、その準備はできるだけ若い時に始めておいたほうがいい。「善く死ぬ」ことは老人だけに突き付けられた問いではありませんというのは、そういうことです。みなさんのご健闘を祈ります。

何だか「まえがき」にしてはめちゃくちゃ長くなってしまいました。本文に入る前に読み疲れてしまった方もいるかもしれません。すみません。

最後になりましたが、対談の企画と編集の労を取ってくださった豊島裕三子さんと、本を仕上げてくださった集英社新書の伊藤直樹さんにお礼を申し上げます。ありがとうございました。成瀬先生、長い時間お付き合いくださいまして、本当にありがとうございました。またお話しする機会を楽しみにしております。

目次

第三章　身体を鍛えるのではなく、センサーを磨く――89

第一章　生命力とは感知力

生命力の下がっている現代日本社会

成瀬　生きる力は、ひとつには動物的な能力だから、危機感がないとどんどん緩んでいってしまいます。「平和ボケ」という言葉がありますが、すごく平和だと、一生懸命生きようとしなくなるじゃないですか。あとは、社会保障もバッチリだとだんだん働こうとしなくなって、どんどん怠惰なほうへ行ってしまう。

だけど、その逆にいろいろ危ないことがあって、生きるのも大変、明日のメシはどうしようかとなってくると、生命力はどうしても高まる。ベースはそこだと思います。

内田　そうですね。そういうふうに言えば、命の危険がある環境にいるほうが生命力は高かったと思います。今でもシリアとかアフガニスタンで戦火の下で暮らしている人たちは、「平和ボケ」はしていないと思います。でも、そのほうがぴりぴりしていて、生きることに必死だから、明日の食べ物も定かでない、今夜寝るところも思いつかないような状態にすればよいのかというと、そういう話じゃない。これまで我々は「平和ボケ」しても生きていけるような安全で豊かな社会を作り上げようと営々と努力をしてきたわけです。「平和ボケできるほど安全で豊かな社会」に暮らせるようになったことは、やはり人類の文明の達成として評価しなければならないと思うんです。

その上で、社会が安全で豊かであると、人間の動物的な生命力は衰微するということは認めなければならない。社会の安全と、危機対応能力はゼロサムの関係だということです。生きる力が衰えてくると、危険が切迫してきても気づかない。それは個人的なことにとどまらず、集団や国家の場合でもそうだと思います。現に、「平和ボケ」しているうちに、現代日本社会はもうそれほど安全でも豊かでもなくなりつつありますから。

成瀬　それはあるかもしれない。

内田　生命力が落ちている状態で、社会が安全でも豊かでもなくなってきた。だから、人間たちが生き延びることがとても難しくなってきている。そんな気がします。

成瀬　だけど、安全だと思っているから。

内田　リスクがしだいに高まっているのに、まだ安全だと思い込んでいる。社会構造そのものはどんどん脆弱《ぜいじゃく》になっていて、あちこちでセーフティ・ネットが壊れてきているのに、個人の生命力は下がり続けている。

成瀬　たしかに。社会情勢もそうだけど、それ以外の危険因子もいろいろあると思います。のんびりしていると、バーンと何か来ますから。

内田　街に出てみると、若い人たちがヘッドホンをつけて、携帯をじっと見つめているのをよく見ます。あれは外界を遮断して、外界からの情報を一切受け入れないという構えですよね。外からのノイズを遮断したいという気持ちはわかるんです。でも、家の中でならともかく、見知らぬ人たちに囲まれている状況で、外界からの情報入力を遮断するというのは、リスクが高すぎるような気がします。何か予測もしない危険なことが起きた時に、あれでは対応できない。

成瀬　五感を遮断しているのは危ないですね。

内田　僕の能楽の師匠の観世流シテ方の下川宜長《しもかわよしなが》先生はこういう時代でも人間の野生的な生命力を保たれている方なんですけれど、新幹線のホームにいると、必ず壁に背を向けて立つんだそうです。「どうしてですか？」と訊いたら、「いつ誰が後ろから来て、線路に突き落とされるかわからないから」と言うのです。いや、真っ昼間の新幹線のホームで、下川先生を落とすなんて人いませんよ、と（笑）。

成瀬　『ゴルゴ13』みたい。

内田　本当に（笑）。そんな危険なことは万にひとつも起こらない。でも、「万にひとつ」くらいの確率では起きるわけです。だから、下川先生の場合は、「向こうのほうに微妙に挙動の怪しい人がいる」ということは絶対に見落とさない。

成瀬　僕はヒマラヤでヨーガ修行を重ねてきたんですが、そこはガンジス河源流のゴームク（標高約四〇〇〇メートル）という地で、厳しい環境です。そこに毎年、福井君という弟子を連れて行ってました。一瞬の油断もできない氷河の上や崖を登ったりしての命がけの修行が、彼を強靱《きょうじん》な肉体と精神の持ち主にと成長させました。

それを活《い》かして現在はセキュリティ会社を設立して、ＶＩＰのボディガードなどをしています。下川先生と同じように周囲の状況判断については細かいですね。人を警護する時に四方八方に注意を向けていて、特に横とか後方は危ないから、すごく気をつける。

内田　そういう人はどういう訓練をするんでしょうか。

成瀬　かなり実戦的な訓練をやっています。例えば、他国の軍隊や警察などで採用されている近接格闘術（イスラエルの「クラヴマガ」など）を取り入れ、実際の襲撃や犯罪などを想定したさまざまな訓練をしています。自衛隊や警察などから学びに来る人もいます。彼の会社には、元格闘家、海外の軍隊出身者や傭兵《ようへい》、某国大統領警護に関わっていた人まで、見るからに強そうなのばっかり雇っています。だから非常事態を想定した実戦的な訓練ばかりやっています。

内田　プライベートでそういうボディガードのような人を派遣する業務なんですか。

成瀬　そうそう。

内田　そういう仕事が本当にあるんですね。

成瀬　ふだんの職務内容は、資産家や企業の重役、あるいは政府関係者や海外からのＶＩＰなどの警護ですが、クラブやイベントの警備をしている場合もあります。

内田　映画でリーアム・ニーソンがやっているようなヤツですね。元ＣＩＡで、今は歌手のボディガードをやっているみたいな。

成瀬　あとは企業の社長などが大量の現金や貴重品、あるいは重要情報などを持っていかなきゃいけない時や、商談の時に「変なヤツが来そうで危ない」という時に警護につきに行ったりとか、いろいろやっているようです。

内田　そういう人が本当にいるんだ。でも、そういう人に必要なのは、現場の格闘能力よりもむしろ、危機の切迫を察知できるセンサーの感度ですよね。

成瀬　福井君が警備関係の仕事に戻ったもともとの原因は、僕がヒマラヤに四回連れて行ったことにあるんですよ。ヒマラヤで危ない目にいっぱい遭っていて、彼が命を落としそうになることもあったり、その経験がセキュリティという仕事に完璧に役立っています。あのヒマラヤを経験しているから、部下にもガンガンいえますし。

内田　ヒマラヤだと、どんな危険があるんですか？

成瀬　主に自然災害です。

内田　岩が落ちてくるとか。

成瀬　ゴームクからさらに上の標高四五〇〇メートルほどのタポワンという高原に行くには、氷河の上を歩く必要があるんです。そうすると、ちょっとの油断でクレバスに落ちそうになります。またそこは登山ルートから外れているので、どこに浮き石があるかわからないんです。次の一歩をどこにするかは、直感力が試されます。それを誤ると転倒したり、クレバスに落ちたりする可能性が生じるんです。そのタポワン高原手前の一〇〇メートルは急斜面の崖なので、小石や小さな岩などが落ちてくるんです。だから、前を歩いている人の真下には絶対にならないように注意しながら登ります。

内田　クレバスに落ちるなんて……嫌ですね。クレバスに落ちて誰も助けが来ないというのが、僕のもっとも避けたい死に方なんです（笑）。高所恐怖症で閉所恐怖症なので、クレバスの暗がりに落下して、そこで「狭いよ、暗いよ、寒いよ」と言いながら死ぬのが一番嫌だなあ。でも、クレバスに落ちるって、ヒマラヤではよくあることなのですか。

成瀬　けっこうあります。僕はクレバスに落ちたことはないけれど、落ちそうになったことはあります。それはガンゴートリー氷河の上に堆積している大きな岩に手をかけた時に、その岩の一部がスパッとスライスされたように落ちたんです。その岩が僕の足に乗っかってから、クレバスに落ちていきました。柔らかな土の上に僕の足があったので、靴が少し破れた程度で足そのものは無事でした。ある時は崖から五メートルぐらい、真っ逆さまにずり落ちたことがありますが、その時は運よく擦り傷程度で助かりました。そのガンゴートリー氷河では、クレバスに落ちたり、崖を滑落したりして毎年数人の死者が出るのです。

戦場における直感力

内田　戦争というのは、実際には今自分が置かれているのがどういう状況なのかがわかりにくいものだそうですね。「敵と遭遇した」というふうに本には簡単に書いてありますけれど、実際に「敵と遭遇する」というのは「何が起きたかわからない」ということらしい。どこから、誰が、何のために撃ってくるのかがわからない。どこにいるのか、本格的な攻撃なのか、武装偵察なのか、脅しなのか、識別できない。どれくらいの兵力なのかもわからない。でも、そういう時にでも、自分たちがどういう状況に置かれているのかが直感的にわかる人がいる。どの方向から撃ってきているのか、どれくらいの戦力かわかる。その人が「こっちへ！」と言うと、みんなそれに従う。それは必ずしも指揮官というわけじゃないんです。新米の将校よりは古参兵のほうがそういうことはわかる。

成瀬　経験上なんだろうね。

内田　戦争は命賭けですからね。人間が持っている、潜在的な能力は修羅場を経験すると、爆発的に開花するんだと思います。特に「敵と遭遇」した時に、どこにいて、何をすれば、生き延びられるかを直感的に知る力は選択的に開発されるんじゃないかな。

僕の好きな映画に、「独立愚連隊」（一九五九年）という岡本喜八監督の戦争映画があるんです。主人公は先日亡くなった佐藤允《まこと》さんという方で、終戦近い北支戦線が舞台です。佐藤演じる大久保軍曹が、馬賊や国民党軍や八路軍（華北地方に展開していた中国共産党直系の部隊）とか、いろんな戦力が行き交うところをひとりで馬で旅をしているところから始まる。同行した日本兵が「ひとりで旅して怖くないですか」と訊くと、「危険なことが近づくと、手のひらがムズムズしてくるんです」と笑うんです。「そしたら、一目散に逃げ出す」。

映画は一九五九年公開なので、戦争が終わってまだ日が浅い。だから、スタッフもキャストもたぶん全員が戦争経験者だったはずです。大陸や南方で戦争を間近に経験した人たちにとってはそういうのはごくふつうの「よくある話」だったと思うんです。何か危険が切迫してくると、何らかの身体症状がある。どうもこれは具合が悪そうだというので、とりあえず今いるところから退去する、進むルートを変える。そういうことで命が助かったというようなことを具体的に何度も体験してきた。生き死にがかかってますから、そういう話を聞いて、現代人のように「エビデンスを示してみろ」なんて野暮なことを言う人はいない。

そういう話が戦争直後の映画には当たり前のように出て来るんですけれど、戦争経験者がいなくなってしまうと、だんだんそういう話自体が「荒唐無稽」だから、リアルじゃないからという理由で物語から排除されてゆく。だから、戦争経験のない人が作った戦争映画にはこういう不思議な能力が出て来ないんです。

第二次世界大戦の「ノルマンディー上陸作戦」をテーマにした映画で、僕たちの世代が最初に観たのはたぶん一九六二年の「史上最大の作戦」だったと思うんです。それからずっと経ってスピルバーグ監督の「プライベート・ライアン」が作られました。これは一九九八年の製作です。このふたつの映画はまったく同じフランス北西部のノルマンディー上陸作戦を描いているのですけれど、二作品を見比べると印象がまったく違う。

「史上最大の作戦」はクレジットを見ると、ノルマンディー上陸作戦に実際に参加した人たちがコンサルタントとして参加している。だから、映画に描かれている情景はそれなりにリアルなんだと思います。「プライベート・ライアン」はそれからさらに三〇年以上後なので、ノルマンディー上陸作戦を経験した人はもうスタッフにはいない。もちろんていねいな時代考証はしているはずなんですけれど、印象はまったく違うものになっている。どう違うかというと、「史上最大の作戦」のほうが牧歌的でのどか、スピルバーグの「プライベート・ライアン」は地獄絵図なんです。

成瀬　実際の戦争に近いほうがのどか。

内田　ええ、不思議なことにそうなんです。「史上最大の作戦」には有名なノーマン・コタ准将という人が出て来ます。ロバート・ミッチャムが演じているんですけど、オマハビーチで葉巻をくわえて、ドイツ軍の機関銃弾がビンビン飛んでくる中をすいすいと歩いてくる。「オレ、弾《たま》当たらないから」という感じなんです。身動きできずに浜に腹ばいになっている兵士たちに向かって、決めぜりふを言うわけです。そして、「この浜辺には今、二種類の人々がいる。すでに死んでいる人間と、これから死ぬ人間である。さあ、そのタコツボから出ろ!」。すると、兵士たちが一斉に立ち上がって、ドイツ軍の弾幕の中を走り出すシーンがある。そういうドラマチックな戦局の転換があるんです。

しかし、「プライベート・ライアン」には、そういうドラマがない。完全な地獄絵図で、カオスなんです。指揮系統は完全に崩壊していて、兵士たちはただ浜辺を右往左往して、ひたすらドイツ軍の機関銃で虐殺されるという話になっている。

でも、それだとおかしいんです。それが本当ならコタ准将の率いた師団はオマハビーチで全滅していたはずですから。でも、実際にはドイツ軍のトーチカや機関銃座を突破して内陸に入っている。「プライベート・ライアン」が描いているように、指揮系統が崩壊して、兵士たちが何もできずにただ殺戮《さつりく》されているだけなら、そんな奇跡的な反撃ができたはずがない。だから、たぶん実際の戦場では「史上最大の作戦」のように、ぜんぜんパニックにならずに適切に状況判断できて、「この動線には弾が飛んでこない」とか「そこを攻めたらドイツ軍の防衛線は崩れる」ということがなぜか見えている人がいて、みんなはその人に従っていたと思うんです。

実際に歴戦の軍人の中には、「そういうことがわかる人がいる」ということを兵士たちは経験的に知っていたから、「そういうことがわかる人がいる」ということについては兵士の間で集団的な合意があった。だから、「この人についていけば生き残れる」と思う人がいたら、とにかくその人についてゆく。最前線には「そういう人」を配置して、指揮をとらせていたということがきっとあったんだろうなと思います。

成瀬　ある異業種交流会で挨拶をさせられた時に、私は裏技を使いました。そういう席では、それぞれに歓談していて、ほとんどの人は、挨拶する人の話を聞かないんです。そこで、私が指名を受けて挨拶をする段になって、ティンシャー（チベット仏教の法具で小さな鐘）を一回「チーン」と鳴らしました。その瞬間雑談の渦がピタッと収まったのです。そこでおもむろに「これが、場を整えるということです」といってから、挨拶に入りました。挨拶を終えて席に戻ると、角川春樹氏（角川春樹事務所会長兼社長、幻戯書房社長）が、つかつかと私のところにやって来て「成瀬さん。その鐘はいいですね。私の神社の祭礼でそれをやってくれませんか？」といわれ、それ以来何年にもわたって、角川氏が宮司を務める「明日香宮」で、神降ろしと場を清める役割を果たしてきました。その角川氏は、「オレは安全だ」「何かあってもオレは大丈夫だ」と常にいっています。角川氏のその自信は僕にはよくわかります。そういう自信に満ちた人物の周囲には、どこまでもついていくという人が多いです。

内田　そういうことってありますよ。

成瀬　角川氏は「何があろうとオレは死なない」と。

内田　いずれ死にますけど（笑）。

成瀬　そういう思いは大切かもしれません。

人間の高いモニター能力

成瀬　僕は先ほど話した通り、福井君や何人かの弟子を連れてヒマラヤに行っていました。ヨーガ行者の修行には一二年という区切りがあります。一九九九年から毎年標高四〇〇〇メートルのゴームクで修行したのですが、一二年目は、集中豪雨で、二五の村が消え去るというひどい状況で、ゴームクまでたどり着けなくて断念しました。そこで一三年目の二〇一一年にやっと、一二年の修行を終えたのです。

ガンジス河のスタートポイントで、氷壁を背にして瞑想《めいそう》すると、時々氷壁が崩れて氷塊がガンジス河に流れていくんです。最初に行った年はわからなかったけど、何年かしてくると、崩れる前にわかるようになります。

それがわからないと、氷壁の下で瞑想はできません。氷塊が落ちてきたことが何回かあるんですよ。うちの弟子たちと氷塊の上に坐《すわ》って瞑想の写真を撮ったりしていて、「危ない。行こう」と一〇〇メートルぐらい離れた途端に、氷壁がドーンと崩れてきました。

内田　そういう時はどういう気配を感じるんですか。
成瀬　バイブレーションですね。
内田　やっぱりね。
成瀬　今の話だけど……。
内田　写真（42・43頁参照）があるわけですね。氷壁ですか。
成瀬　氷壁の上のほうの六畳間ほどの氷塊が、ずり落ちてガンジス河に消えるんです。
内田　これは岩ですか。
成瀬　これは全部氷。
内田　おお。
成瀬　この写真は本当に落ちてきた瞬間なんです。だから、落ちる前の氷塊の形が、そっくりそのまま残っています。
内田　なるほどね、ギザギザが合っているわけですか。
成瀬　そうそう。こう落ちてきた瞬間、写真の右下にヨーロッパ人の青年が瞑想しているんです。落ちてきて、この一瞬後、氷で水しぶきがバーンと上がったのがこれで、左の写真では彼が腰を浮かしているんです。

2011年のヒマラヤ修行での氷塊崩落

内田　本当だ。これは驚いた。これは水しぶきですか。
成瀬　そう、水しぶき。
内田　川に落ちたわけですね。
成瀬　そうそう、ガンジス河にばらばらに砕け散って流れていく。この時、僕はこの青年より遠くの安全な場所に移動していたんです。
内田　この辺にいたんですか。
成瀬　彼のところは実はもう危ないんです。氷が落ちてくるとガラスが降ってくるのと一緒だから、それこそ危ないです。僕は八〇メートルぐらい、バーッとみんなで引いた。彼はそれをわからないで瞑想していた。そうしたら、氷塊が本当にガーンと落ちてきたんです。おもしろいでしょう。
内田　古武術家の甲野善紀先生と初めてお会いしたのは、甲野先生が大阪の朝日カルチャー教室にいらっしゃった時、たしか二〇〇一年の秋だったと思います。その時に、武道についての講演をされたわけですけれど、講演後に聴衆からの質疑応答の時間がありました。その時に、こんな質問をした人がいた。「甲野先生は武道家として訓練されているので、きっとお強いでしょうから、対人的なトラブルは処理できると思いますが、震災のような天変地異に対しては、

内田氏に氷塊崩落の説明をする成瀬氏

一体我々はどうやって対処する方法があるのでしょうか」。甲野先生をちょっと挑発するような感じの質問で、どんなふうに回答するのか、僕もどきどきして答えを待っていたのですけれど、その時に甲野先生は少し黙ってから「三脈ってご存じですか？」と質問し返した。会場の人は誰も知らなくて、黙っていたら、三脈の取り方を教えてくれました。

三脈というのは両方の頸動脈《けいどうみゃく》と手の動脈の三点で脈を取るのです。同じ人間の身体ですから、三箇所の脈は当然一致するのですけれど、時折、これが同期しなくなることがあるんだそうです。ですから、昔の人は、起きた時とか、寝る前とか、行くか戻るか、右に行くか左に行くかという時にはとりあえず三脈を取る。そういう習慣があったんだそうです。もし、三脈がずれることがあったら、それは危険が切迫しているということだから、今いる場所からすぐに逃げ出したほうがいい。

その時に甲野先生がこんな話をしてくれました。江戸時代に京都から江戸に行く勅使がいて、どこかの宿場で本陣に泊まった。寝所に入って、寝る前にいつものように脈を取ったら三脈がずれていた。すぐに立ち上がって同行の人々に「撤収！」と言って、本陣を逃れ出たら、後ろの山が崩れてきて、今までいた本陣が潰れた……という逸話を紹介していただきました。

こういうことは本当にあったんだと思います。地震の前になると犬や鳥が騒ぐじゃないですか。ナマズだって跳ねるし。人間だって危険の切迫については感知能力があって当然ですよね。

成瀬　人間も動物だからね。二〇一一年三月の東日本大震災の半年ぐらい前でしょうか、大阪で研修があった時に「天変地異があるかどうか」という質問を受けました。その頃から、南海地震がいつ来るのかなどと取りざたされていましたから。

内田　南海トラフですね。

成瀬　僕は「南海トラフが危ないといわれているけれども、そうは思わない。あるとしたら仙台だよ」といいました。それから半年か一年後に東日本大震災が起こりました。でもその時に、僕が何でそういうことを思ったのかわかりません。

内田　でも、訊かれた瞬間に「仙台」と。

成瀬　はい。南海ではなく、たぶん仙台だと。ただ、何でそういったのかは、実はわからない（笑）。その後、大阪に行った時に、その話でちょっと盛り上がりました。霊能者でも予言者でもないからわからないけど、ましてやそういう天変地異の危険についてはあまりいうことじゃないからね。基本的に、いってはいけないことですからね。

気象に影響を与える集団意識

内田　実際には、直感的に危険を避けた場合には、何も起こらないわけですよね。何となくこの道を行きたくなくなったので、いつもと違う方向に曲がったけど、そのまま行っていたら上から何かが落ちてきて大怪我《おおけが》をした……というような場合に、実際には「何も起きていない」わけですから、自分が直感的に危険を避けたということを本人も知らないし、周りも知らない。だから、証明のしようもない。でも、そういうことって、実は頻繁に起きているんだと思います。「何も起こらなかった」ということが、その人が強い直感力を発揮したことの証拠ですけど、起こらなかったので証明しようがない。

成瀬　それを公言しているのは角川春樹。「富士山の爆発を止めた」と。
内田　止めたんですか。それはすごい（笑）。いつ頃のお話ですか。
成瀬　一〇年ぐらい前かな。ちょうど彼が神社で祈願をやっている時に僕は立ち会いました。
内田　それは噴火を止めるための祈願をしていたのですか。
成瀬　そうそう。それで止めた。
内田　何も起こらなかった場合は、どういう力が働いたか証明できませんからね。でも、本当に、いろいろな人が、いろいろな力を働かせていたせいで、今のような状態になっているんだと思います。祈願というのはたしかに現実変成力を持っていますからね。

さっきの甲野先生の話ですけれど、あれは二〇〇一年のアメリカ同時多発テロの直後だったんです。その講演会の時、甲野先生は土気色の顔をして出て来て、本当に体調が悪そうでした。昼間ずっとホテルで寝ていて、今日の講演会はもう中止にしてもらおうかと思ったけれど、夕方になって何とか起き上がれたので、出て来たそうです。次にお会いした時に、「あの時はどうしてあんなに具合が悪かったんですか？」と尋ねてみたら、直前に大分の宇佐八幡から帰ってきたところだったというんです。大分県国東《くにさき》半島に用事で行った時に地元の人が宇佐八幡に案内してくれた。「奥の院も行ってみますか」と誘われたので、車も通らない細道をずっと入っていって、宇佐八幡の奥の院へ行った。そうしたら、そこには日本中の名だたる霊能者たちがずらっと揃《そろ》っていて、それぞれの呪具や祭具を並べて一心不乱に祈っていたんですって。何を祈っていたんですかって訊いたら、9・11の直後だったので、半数はサダム・フセイン（編集部注　フセインは9・11には関与していない）を呪殺しようとしていて、残り半分はジョージ・W・ブッシュを呪殺しようとしているところだったそうです。霊能者たちにはそれぞれ「依頼主」がいて、そのリクエストを受けて祈禱《きとう》している。

本当にそういうことって、現代日本でも行われているわけですよね。名だたる祈禱師たちが一堂に会して、呪殺行をしているって、想像するだに凄《すさ》まじい光景ですけれど、甲野先生は不運にも、邪気が飛び交っているところに通りがかってしまったので、その毒気に当てられてしまった。

成瀬　角川春樹氏は、「蒼《あお》き狼　地果て海尽きるまで」（二〇〇七年）というチンギス・ハーンの映画を作るのに、モンゴルで全部撮影するので、僕に「撮影の安全祈願のために一緒に来てくれ」といってきました。それでモンゴルに行って、大平原で神棚を備えて、出演者とモンゴルの人たちとスタッフたちが参列して、角川氏がお祓《はら》いをやるわけです。僕は明日香宮という角川氏が所有する神社で時々祈禱していたので、僕にも一緒に祈願してくれというので、モンゴルでやったんですよ。

その時に、モンゴルの首相だか大臣から「今、干魃《かんばつ》で雨が一切降っていないので雨を降らせてくれないか」と雨乞いを頼まれたんです。「いいよ、わかった」と引き受けました。

内田　「いいよ」って（笑）。

成瀬　それで、その次の日か、軍のヘリか何か用意してもらって、赤い滝というところに角川氏と一緒に行って雨乞いの祈願をしました。

そうしたら、帰りは大雨になって、とても感謝されました。干魃がずっと続いていて、草がなくなってしまい、映画を撮るのにも馬が食べる草がなかったので、実は我々も困っていました。

内田　成瀬先生は雨乞いもするんですね（笑）。

成瀬　そうそう。そうしたら、その帰りに雷が鳴るわ、すごい嵐になるわ、大変でした。

内田　雨乞いの儀礼というのは、世界中に無数に事例があります。孔子の儒家の「儒」も本来は雨乞いの儀礼を執り行う人のことらしいですから。

僕も雨乞いできるんです。合気道の合宿に行って、一〇〇人近くで呼吸法をやっていると、どんなに晴れた日でも必ず雨が降ってくるのです。一〇秒くらいの、本当に短い時間ですが、屋根を叩く雨音がする。呼吸法が終わると、その音も止む。屋根が鳴る音ですから、最初のうちは屋根のトタン板が太陽の熱で弾《はじ》けている音だとばかり思っていましたけど、よく聴くと、雨音なんですね。どうも体育館の上にだけ雨が降っているらしい。それが何年も続いたので、わかった。これくらいの人数が集まって、呼吸法とか瞑想法とかで場を整えると、ごく狭いエリアでも何滴かは雨が降ってくる。それぐらいのことは人間はできるんですよね。

成瀬　できますね。

内田　でも、そのうち邪心が出て来て、前回ぐらいの合宿の時に、「みんな見てろよ、これから呼吸法をやると雨が降ってくるからな」と言って、屋根をにらみながらやったら降らなかった（笑）。それまでは毎回雨が降っていたのに、そういうことを口に出して、「さあ、雨が降るぞ」と思ったら、失敗しちゃいました。何でなんでしょうね。

成瀬　ひとつには「必要の度合い」がありますね。僕の空中浮揚もそうですが、必要がなかったらできません。邪心があるとダメなんです。

内田　邪心があるとダメなんですよね。難しいものです。合気道の合宿の時には、雨を降らせる必要性はまったくないんですけれども、陰陽の気が整うと雨が降ってくるということはあるようですね。

成瀬　「晴れ乞いはない」といいますが、晴らすことは実はあるんですね。

内田　あら、あるんですか。

成瀬　僕は何度か経験があります。ヨーガの合宿などで、外でルンゴム（空中歩行）の練習をやったり、朝の瞑想をする時に雨が降っているとちょっと具合が悪いので。そうすると、必要な時間帯だけ雨が止んでくれます。それは何回もあります。小さなエリアで、何十人も集まった人たちで一時間瞑想する、そのために合宿所の周りがポコッと晴れてくれるというのはあります。

内田　何なのでしょうか。ある種の気象に関しては人間が影響を及ぼすことができるのは。

成瀬　人間の意識はけっこう気象に影響しますね。

内田　あるんですね。

成瀬　人間の意識はすごいですよ。

内田　特に集団になった時。

成瀬　そうですね。

内田　電池をつなぐみたいな感じで、何人かの思いがひとつになると非常に強い力を発揮することがありますね。

成瀬　新興宗教はそれですから。

内田　人知を以《も》っては制御し難いはずのことができる。そういう強い力が人間にはたしかに備わっている。それを発動させる方法は昔から経験的にはいろいろ知られていたんだと思います。ひとつは、呼吸ですね。呼吸を整える。これは世界のどの宗教儀礼でも共通なんじゃないですかね。何百人も、何千人もが呼吸をひとつにする。

外見を揃えるというのもたぶん効果がある。同じ服装をして、同じ表情で、同じような動きをする。合気道の合宿の時は全員が道衣を着ていますし、呼吸法の時は全員が同時に息を吸ったり吐いたりするだけですから、表情もしぐさも同じになっている。だから、外形的には識別し難いくらい一体になっている。

成瀬　呼吸で意識が一緒になるんですね。そのことはよくわかります。僕は呼吸法の本の中で、三〇種類ぐらいの呼吸法を紹介しています。伝統的なヨーガ呼吸もありますが、僕のオリジナルもあります。いずれにしても、呼吸をコントロールすることが、ヨーガの重要なテクニックなんです。

その中でも、喉をコントロールする呼吸法があるんですが、これは武道家でも、アスリートでも、アーティストでも、重要なテクニックです。一流の歌手は喉のコントロール能力がある し、天才アスリートといわれる人たちも、喉のコントロールが上手《うま》いんです。それは本人が気づいてないことがあります。僕は喉をコントロールしながら息を吐いたり吸ったりする呼吸法を開発して、本の中でも紹介しているし、実際に呼吸法指導もしています。多くの人を魅了する技術には、呼吸法が関与しているんです。

内田　ロックコンサートでも五万人ぐらいの観客が同じリズムで乗ると、そこに何か独特の、人知を超えたものが立ち上がる感じがしますからね。

これは多田宏先生から伺ったんですけれど、戦国時代の侍たちが行った「武者震い」というのはいくさが始まる前の興奮や恐怖心で震えているのではなくて、自分で意識的に身体を震わせる技術なんだそうです。全身に意識的に強い振動を与える。そうすると、鎧《よろい》に縫い付けてある金属片が触れ合って音を立てる。戦場では全員が鎧を着ているので、その「武者震い」が隣接する人に感染すると、たちまち何百人、何千人もの鎧が同じ拍子で鳴り出す。侍たちが同じ振動数で身体を震わせ、戦場は鎧の金属片が触れ合う音に覆われる。それによって、侍たちはある種の一体感を形成して、全員がひとつの巨大な身体のように動くようになる。時代劇映画を観《み》ても、そんな場面なんてないんですけれど、多田先生は確信を込めてそうおっしゃるので、きっとそうなんだと思います。

成瀬　それは絶対ありますよね。世界中そうですが、戦争する時はだいたい、服装を揃えます。

内田　まず制服を整えますからね。

成瀬　鎧兜《かぶと》を同じものにしています。そうすると、一体感が出て来ます。集団の力を引き出すために。

内田　そして、必ず軍楽隊というのがあるでしょう。太鼓を叩いて、笛を吹いて、全員のリズムを整える。「史上最大の作戦」でも、英陸軍のコマンド隊はバグパイプを先頭に戦うんですよ。部隊の先頭に立って、銃も構えずに、銃弾の中に突っ込んでいくのがパイプ奏者なんです。まっさきに撃たれるポジションに軍楽隊がいるって、合理的に考えたらあり得ない話ですよね。でも、そういう配置にしているということは、戦闘には音楽が要るということが経験則として共有されているからでしょう。軍楽隊というのは、別に戦場を賑《にぎ》わすためにいるんじゃなくて、兵士たちが同一のリズムで呼吸を整え、同一のリズムで動くことで一体感を形成するためにいる。軍隊において必須のものなんだと思います。

人間が持つGPS機能

成瀬　これは僕の教室に通っている生徒で、武道の先生をしている藤巻さんという人から聞いた話ですが、彼の知り合いで「どこにいても北がわかる」という人がひとりいるらしい。渡り鳥とかもそうだろうけど、動物的な能力のうちで、地磁気の……。

内田　北はわかるかもしれないですね。武道の道場の場合、原則として、長方形で北が正面になるんです。入り口は南で、正面が北。これは昔の都の造営と同じですよね。洛陽《らくよう》も長安も平安京も平城京も、どれも南に朱雀門《すざくもん》があって、御所は北の奥にある。「聖人南面して、天下を聴く」という言葉があるくらいですから、天子は北を背にして南を向く。北半球の場合だと磁気の働きで、南面するとちょっとだけ背中が反る。反対に、北面する臣下たちは頭が下がる。本当にわずかな違いですけれど、磁気には磁石を動かせるぐらいの力は働いているわけですから、微細な違いを感知できる能力のある君主だったら、わずかに胸が張って、天下を睥睨《へいげい》するというポーズになる。昔の人はそれぐらいのことはわかったんじゃないでしょうか。

成瀬　鳥とかはそういう能力が明らかにあるでしょう。

内田　ありますね。

成瀬　方向感覚は明らかにありますね。人間も「脳砂」が関係しているみたいです。脳の松果体が年齢とともに破壊されていく過程で現れるのが脳砂と呼ばれている石灰化物です。

内田　そんなものがあるんですか？

成瀬　子どもの時の松果体が大人になるに従って破壊されていくと、「脳砂」が増えてくるんです。そうすると、子どもの時にあった能力は落ちてくるけれど、脳砂が増えることで身につく能力もあるようです。

内田　東西南北の方位を感知する力ですか？

成瀬　それだけじゃなくて、いわゆる超能力的なことなども、脳砂が関係しているようなのですが、そのあたりはまだ研究が進んでないので、何ともいえないです。三歳ぐらいまでは松果体が破壊されてないので、大人に見えないものを見ているようです。松果体が破壊されていって、脳砂と呼ばれる石灰化物が増えてくるに従って、地磁気を感知できる人が出てくるのかもしれないですね。

内田　犬や猫でも、引っ越した時にいなくなって、しばらくしたら前の家に戻って来たなどということがありますものね。動物たちの頭の中にはＧＰＳみたいなものが入っているんですかね。

人類は西へ向かう

内田　「夕陽に向って走れ」（一九七〇年）という映画のタイトルがありましたけれど、人間て、放っておくと「西へ向かう」という基本的な趨向性《すうこうせい》があるんじゃないでしょうか。そんな気がするんです。東京に住んでいた頃は、「ドライブに行こうぜ」という時は、ほとんど自動的に西に向かった。青山通り、２４６号線から東名に乗るか、第三京浜に乗るかして、横浜に向かったり、湘南や伊豆半島に向かう。学生の頃は、特に用事もないのに暇だからドライブに行こうということがよくありましたけれど、そんな時にも、「いつも西ばかりだから、たまには九十九里浜に行こう」とか「筑波山に行こう」ということを提案した人はひとりもいなかった。これって、考えてみると変な話なんですよね。ドライブなんだから、どこに行ってもいいじゃないですか。東に行こうが、北に行こうが。でも、僕たちはほとんど自動的に西に向かって車を走らせた。

「西漸（Go west）」というのは、古くはゲルマン民族大移動から始まっているわけです。その後も、漢の武帝も、アッチラ大王も、チンギス・ハーンも西へ向かった。アメリカの西部開拓も「ゴー・ウエスト」ですよね。北米大陸の植民地開拓は東海岸のヴァージニアあたりから始まるわけですけれども、一三州が独立して半世紀経った一八三〇年のフロンティアはまだミシシッピ河あたりなんです。でも、その後、「ゴールド・ラッシュ」で移民が大挙して西に向かい、六九年には大陸横断鉄道が開通して、九〇年には「フロンティア消滅」が宣言される。それでも「ゴー・ウエスト」は止まらない。

太平洋岸に到達した後はハワイに移民し、ペリー提督が日本に来て開港を迫り、その九〇年後には日本を占領し、その次は朝鮮半島に行って戦争をし、ベトナムに行って戦争をし、そのあとはアラビア半島に行って戦争をし、今はイラクやシリアで戦争をしている。

アメリカの場合は常に西に向かって「フロント」が広がっている。だから、地政学的な必要がなくても、軍を退いて、「東に戻る」ということには強い心理的抵抗が働いているんじゃないでしょうか。沖縄の米軍基地がなかなか撤収しない理由のひとつはそれが「西漸傾向」に逆行するからということがあるからじゃないかと僕は思っています。

あまり言う人がいませんけれど、中国もやはり「西漸」の国なんです。凱風館《がいふうかん》（内田の道場）では、「寺子屋ゼミ」というのをやっていて、一度「アジア」というテーマで通年のゼミをやったんです。その時に中国のこれからの外交戦略について発表した人がいて、中国は今後、東シナ海、南シナ海に海洋進出して、日本やフィリピンやベトナムとの軍事的な緊張が高まりそうだという話題になりました。メディアはそういう報道ですけれど、僕は違う考え方をしています。

歴史的に見て、中国は「東海」に興味を持ったことが過去に一度もないんです。いつも西に向かう。それこそ漢の時代から、張騫《ちょうけん》とか李陵《りりょう》とか霍去病《かくきょへい》とか、歴史でいろいろな有名人の名前を学びましたけれど、みんな西に向かった軍人たちです。何十万という大軍を率いて、砂漠や草原を西へ向かう。でも、西域って実際には何にもないんです。遊牧民がいるだけで。収奪できるような産業があるわけではないし、耕作地もないし、金銀が出るわけでもない。でも、何世紀にもわたって、中国皇帝は大軍を西に送った。

東海に来たのは元寇《げんこう》の時の二回だけです。でも、来たのはモンゴル族と朝鮮族などで、漢民族ではない。元寇はたまたま台風の季節だったから失敗したわけであって、本気で日本を武力占領する気だったら、もっと天気のよい時に出直せばいい。でも、二度で簡単に諦めてしまった。「どうして三度目はなかったのか?」ということに歴史学者はあまり興味がないみたいですけれど、僕は納得がゆかないんです。来たっていいじゃないですか。来たらたぶん日本列島は武力占領されて、元の属国になっていたはずです。でも、そういうことは起こらなかった。

七世紀に「白村江の戦い」というのがありましたね。唐と新羅《しらぎ》の連合軍と倭国と百済《くだら》の連合軍が戦って、ボロ負けした。逃げ帰ってきてから、「さあ大変だ、すぐに唐が攻めて来るぞ」というので、必死になって北九州に水城《みずき》を造営し、防人《さきもり》の制度を作り、難波京《なにわきょう》は海に近いので防ぎにくいというので都を大津京に移した。そうやって海防体制を構築したんだけれど、待てど暮らせど唐軍は攻めて来ない。

七世紀の時点で、東アジアで唐に逆らっていたのは倭国だけなんです。だから、倭国を攻めれば、唐の東アジア支配は完璧になる。合理的に考えたら、日本列島を攻め滅ぼしに来て当然なんです。だから、天武《てんむ》天皇、持統天皇の代に国防だけではなく、律令制度を整備し、国号も「倭国」から「日本」に変えて、短期間に国家システムをアップデートした。でも、唐は攻めて来なかった。そのうちにそっと遣唐使を再開したら、何ごともなかったように国交が回復した。

よく考えると変な話なんです。日本の律令国家としての制度整備は「唐軍侵攻に備えての国防」のためなんです。でも、唐軍は来なかった。どうして、来なかったのか、理由はわからない。でも、来なかったからよかったじゃないかで済ませていい話じゃない。「どうして唐は日本に攻めて来なかったのか？」については、もう少し深く問い詰めてもいいんじゃないですか。明の時代に鄭和《ていわ》という宦官《かんがん》が大艦隊を編成して海洋進出したことがありました。これはまことに大規模なもので、巨艦数十隻、乗員三万人という大艦隊でインド洋、アラビア海を周遊して、東アフリカにまで行きました。そういう大航海を前後七回行った。でも、この七回の航海で、艦隊は一度も日本列島に来てないんです。

出港地は今の福建省の泉州です。船で三日も東に向かえば日本列島です。でも、東には見向きもしないで、艦隊はまっすぐ南に向かい、ベトナム、マラッカ、スマトラ、セイロン、アラビア半島を巡航している。どうして鄭和は日本に来なかったのか？　世界史で、明の永楽帝の治世に鄭和が大艦隊を組織したということは習いますが、「なぜ鄭和は日本に来なかったのか？」は誰も問わない。誰もそれを気にしないみたいですけれど、僕は気になる。

国威を発揚するためであっても、交易路を開拓するためであっても、日本列島に来る十分な理由になります。七回の航海のうち、せめて一回くらいは東に向かってもいいじゃないですか。でも、来なかった。それをうまく説明できる軍事的・政治的・経済的な理由が見つからない以上、これは漢民族の「何か東に向かう気にならないんだよね」という「気分」でしか説明がつかない。気分のことですから、「どうしてそんな気分になったのか」と訊いても本人にも答えられない。
秦の始皇帝の時代に徐福という方士がいて、始皇帝の命令で「東海に蓬萊《ほうらい》という島があって、そこに不老不死の妙薬があるらしいから、おまえ、行ってこい」と言われて、しぶしぶ船を出すという話があります。まるで地の果てまで行くような壮絶な覚悟で、三〇〇〇人の少年少女を連れて出航するのですが、そのまま消息を絶ってしまう。西のほうの辺境に向かう時は平気で何カ月もかけて、何千キロも踏破するのに、東はわずか数日の旅程なのに、たちまち闇の中に姿を消してしまう。これ、変ですよ。

成瀬　戦争というか領土を拡大したいじゃないですか。その領土拡大のベースに島というのがないのでしょう。

内田　島は領土的野心をかき立てないということなんでしょうか。

成瀬　そうですね。地続きだと領土を広げられるけど、飛び地の島は領土拡大の範疇《はんちゅう》になかなか入らなかった。それもあると思う。

内田　でも、歴史的に見て、東や北に領土を拡大してゆくというのは、どの国でもあまり例がないんです。南に行くか、西に向かう。先ほど「北がわかる」という話がありましたけれど、昇る朝日を背にして、あるいは沈む夕日をめざして動く、北を背にして動くということについては、何か生物的な「好み」のようなものがあるのかなという気がします。

成瀬　その辺のベースはわかりませんが、日本は特殊な国だと思います。ファー・イーストだから。

内田　日本文化には、極東の辺境だという地理的な条件が決定的に影響していることは間違いありません。

成瀬　世界的に特殊だよね。

内田　「極東の辺境」というのが大きいんだと思います。「中央の人」はたぶん東の外れにはあまり興味がないんでしょうね。

成瀬　日本人とか日本は、人類の中で変な意思を背負わされているような気がします。そういう国は間々あるんです。例えばインド。インドにはベジタリアンがそれこそ何億人もいるじゃないですか。あんな国は世界中を見ても、ないんだから。

内田　そんなにいるんですか、ベジタリアン。

成瀬　うん、インド人の八割がヒンドゥー教徒です。ヒンドゥー教では基本的に肉食が禁じられています。インドの人口は今一二億人ぐらいなので、ヒンドゥー教徒が九億人以上いることになります。でもその中で厳格なベジタリアンが半分としても四億人以上です。そんなの世界中にあり得ないですね。そういうのが何かあるんです。ある種の人類全体を見た時のバランスで。

内田　何かそういう特殊な使命、ミッションを帯びた人たちがいる。

成瀬　そうそう。日本もそうじゃないですか。神道の国は、世界的に見たら何かやっぱり変だもの。八百万《やおよろず》の神々がいる多神教の国というのは、世界的に少ないです。その代表的なのが、日本とインドです。地域や部族ごとに神仏を作って祀《まつ》る風習は世界中にあります。そうすると、ほとんどひとつの神や、多くても数種類の神です。しかし、日本とインドは数種類ではなくて八百万の神々なので、世界的に特殊なのだと思います。

第二章　神様との交流の回路

神仏習合に戻りつつある日本

内田　今の神社神道は、かなり近代的な政治的構築物だと思います。もともと日本の宗教は神仏習合ですから。一三〇〇年間ずっと神仏習合でやって来て、明治になってから「廃仏毀釈《はいぶつきしゃく》」という明治政府の政治的判断で仏教と神道が分断された。でも、これはキリスト教の欧米列強と対抗するために、天皇を信仰対象とした擬似一神教体系を打ち立てる必要があるという政治的判断があってやったことで、宗教史的な必然性があって変化したわけじゃない。

今も神社神道はきわめて政治的に動いていますけれど、国民の中に神道の宗教性が深く根づいていたら、ああいうふうに党派的に突出した動きをするはずがないんです。現世の特定の政党と結びつくということは民族宗教だったら、あり得ないことですから。今の神社神道は自民党政権と結びついていないと成立し難いという危機感がある。それは、放っておいたら、必ず日本の宗教は明治以前の神仏習合にまた戻ってしまうという危機感を神道家たち自身が感じているからじゃないかと僕は思います。

僕は先日山形に行っていたんです。修験道の山伏の星野文紘《ふみひろ》さんという方がいらして、その星野さんのお招きで、毎年山形に行って、山伏の方たちと交流しているんです。修験道はまさに典型的な神仏習合体系ですね。出羽三山ももとはすべて神仏習合で、羽黒山は聖観世音菩薩《しょうかんぜおんぼさつ》、月山《がっさん》は阿弥陀《あみだ》如来、湯殿山は大日如来が本地仏です。だから、今の出羽神社も、廃仏毀釈まではその三体がご本尊だったんです。それが政令によって廃されて、仏像も仏具も経典も全部捨てられて、お寺も壊されて、ご本尊の代わりにご神体が置かれることになった。

でも、修験道の体系は神仏習合の信仰に基づいて作られているわけですから、政令ひとつで変えられるはずがない。僕が泊めてもらっている星野さんの宿坊の祭壇は手前にはご神体の鏡があって、奥にはご本尊の不動明王像が祀ってあります。だから、祝詞《のりと》を唱えた後に般若心経を読経する。神仏習合がデフォルトなんです。こういうものは一片の政令で変えることができるものじゃない。

ですから、大変に興味深いことですけれど、羽黒山でも、廃仏毀釈で山から全部放逐されたはずの仏像や仏具がじわじわと山頂にまた戻って来ているんです。この間、出羽神社を拝観した時は、「千佛堂《せんぶつどう》」という仏像のコレクションを安置する場所を見せていただきました。廃仏毀釈で捨てられた仏像を酒田の篤志家が拾い集めて、自宅の蔵に置いていたのを、その子孫の方が「もともと羽黒山にあったものですから」ということで戻されたのだそうです。それを収納するために千佛堂を建てて、拝観できるようにした。出羽神社の宮司さんたちが主導して、徐々に神仏習合の状態に戻そうとしている。僕はこれが日本の宗教の本然の姿だと思います。ですから、あと半世紀か一世紀経つと、日本の宗教はまた神仏習合に戻ってゆくんじゃないかという気がします。

成瀬　そうでしょうね。

内田　二年ぐらい前にスイスのラジオ局が、「日本の宗教性について知りたい」とインタビューに来たことがあったんです。ひとりでしゃべるのはいささか荷が重いので、浄土真宗のお坊さんで宗教学者でもある友人の釈徹宗《しゃくてっしゅう》先生にお願いして、ふたりでインタビューを受けることにしました。その時に、スイスのジャーナリスト相手に日本人の宗教性について基本的なことを説明しましたが、その時に、スイス人が非常に理解に苦しんでいたのが神仏分離でした。

神仏習合は、「土着的な宗教」に「外来宗教」である仏教が融合してできた、ある種の混淆《こんこう》態《たい》であるということは彼にも理解できたんですけれど、時の政治権力が政治的理由から「土着」と「外来」を切り離したということの意味がよくわからない。仏教の渡来は六世紀で、神道体系の成立はそれより後です。でも、鈴木大拙の説ですと、鎌倉仏教は外来の宗教が日本列島の風土に「土着」してできたオリジナルな宗教体系だということになる。鎌倉時代からの宗教的伝統を全否定して、明治政府が「天皇を現人神《あらひとがみ》として信仰対象にする擬似一神教を作った」ということの歴史的な意義がヨーロッパの人にはうまく呑《の》み込めないようでした。それだけの伝統を持った宗教体系がどうして一夜にして廃絶され得たのか、それが理解し難い。たしかに、僕たちも説明に窮しました。

実際に、神仏分離の時に、場所によっては、一般民衆も仏像を打ち壊したり、寺院を焼いたりという、暴力的な仏教攻撃に加担しています。どうして、一三〇〇年も続いた宗教的伝統を人々はそれほど容易に捨てることができたのか、それほど仏教が憎かったのなら、どうしてそれまで黙って檀家制度になじんでいたのか。そして、仏教に対してひどいことをさんざんした後に、そんなことをころりと忘れたように、またまたお寺で仏事を営んだり、お経を唱えたりできるようになった。

日本人の宗教性のゆらぎについて語る
内田氏

それがよくわからない。そして、廃仏毀釈から一五〇年経って、誰が命じたわけでもないのに、今度は神仏習合がじわじわとよみがえりつつある。

こういう日本人の宗教性の「揺らぎ」を僕も釈先生もスイス人に対してどうしてもうまく説明ができませんでした。神仏習合と神仏分離は日本人の宗教性の本質に触れる論点だと思いますけれど、僕はこれまで「なるほど、そうだったのか」と得心がゆく説明を読んだ記憶がないんです。

一神教と多神教

内田　今の日本の宗教を、成瀬先生はどうご覧になりますか。特に新宗教、新新宗教と言われるようなものについて。

成瀬　日本の宗教自体が、仏教が入ってきた頃からいろいろ変遷していますからね。僕は自分教の人だからわからない（笑）。

内田　成瀬先生はヒンドゥー教の信者じゃないんですね。

成瀬　違います。ただ、その世界観には大きく影響されていますね。世界の宗教は一神教の宗教と多神教の宗教で明らかに違いがあります。インドのヒンドゥー教も多神教です。八百万《やおよろず》の神々というたくさんの神がいると、自分の好きな神様を選んで祀れるわけです。

一神教は、キリスト教でもアフリカとかに侵攻していきますね。そうすると、アフリカ人を改宗させます。日本に来たらキリスト教を布教する。アフリカに行くと、アフリカ土着の宗教があっても「それを捨ててキリスト教になれ」と迫って改宗させていく。多神教だと、基本的にそれがありません。

要するに、八百万の神々という考え方の中に、釈迦《しゃか》が来ても何が来ても、そこへ入れる椅子(スペース)があるということです。それはヒンドゥー教も一緒です。ヒンドゥー教の神様の中には、キリストもいれば釈迦もいるんだから。どうぞ席を与えますよと。

内田　後から出てきた宗教は、そうなりますね。イスラームもそうです。アブラハムもイエスもみんな預言者としてちゃんと椅子が用意されている。ベトナムの新興宗教にカオダイ教というのがあるんですけれど、キリストもムハンマドも孔子も老子も釈迦も観音菩薩もソクラテスもトルストイもヴィクトル・ユーゴーも聖人として祀られている(笑)。ベトナムはフランスの植民地でしたから、ユーゴーも神格化されている。

成瀬　席があるのですね。

内田　席があるという感じはいいですよね。

成瀬　宗教戦争になっていかないから、大切なポイントです。

内田　宗教対立で殺し合うのは本当によくないです。

成瀬　アーリア人がパキスタンとアフガニスタンの間にあるカイバル峠を越えて入ってきて、融合しています。融合しなかったらとんでもない争いが起きていたはずなのに、融合しちゃって、要するにヒンドゥー教という大きな宗教ができたわけですね。

侵攻してきた時に、「おまえたちの宗教はダメだから、オレたちの宗教にしろ」といって力ずくでやってしまうとおかしなことになりますが、「おまえたちの宗教はそうか。オレの宗教はこうだ。じゃ、一緒に並んで座ろうね」ということで広く浸透していく。

内田　インド亜大陸も北から他民族が侵攻してきた場合、いくら逃げても南でどん詰まりで、その先は海だから逃げられない。逃げられないから外来の宗教と土着の宗教の間で何とか折り合いをつける。僕はそれは宗教のひとつの成熟過程だと思うんです。

日本もそうでしょう。日本列島はユーラシア大陸の東の辺境ですから、大陸・半島から来たものに押されて逃げても先は海だから逃げ切れない。仕方がないから、前にあった土着のものの上に後から来たものをトッピングしたり、混ぜ合わせたりする。習合というのは辺境で起きやすい現象なんだと思います。

ヨーロッパだとアイルランドがそうみたいですね。アイルランド土着のケルトの信仰と後からやって来たキリスト教が融合して、独特の、幻想的なキリスト教が成立した。ラフカディオ・ハーンはアイルランド育ちの人で、松江にやって来て、日本の幻想とアイルランドの幻想には通じるものがあると感じたようです。アイルランドはユーラシア大陸の西の辺境、日本は東の辺境ですから。そういうところには独特の宗教性が育つのかもしれませんね。

僕はそういうユニークな宗教性をもっと生かしてゆけばいいのにと思うんですよ。日本独特の「余人を以ては代え難い」宗教性を深めてゆけば、それを通じて人類の文化に貢献できると思う。しかし、現代日本の新興宗教って、そういうものじゃないでしょう。軍隊や株式会社の仕組みを持ち込んできて、布教活動で信者の新規獲得数を増やしたら営業成績が上がるとか、教祖様の本を何冊か読んだらマイレージのポイントが貯《た》まるとか、信仰が深まるとご利益が増えるとか、そういう非常にシンプルな「入力・出力相関システム」を設計している。数値的・外形的に表示できる「成果」を上げると、「霊的位格」が向上するという、ビジネスの現場とまったく同じシステムを作り上げている。そんな世俗的な仕組みに宗教を閉じ込めておいて、一体何をしようとしているのか。よく意味がわからないんです。そういうのは、宗教としてきわめて不健全なんじゃないかなと僕は思います。でも、現代日本人はそういう「世俗的な宗教」が心底好きなんですよね。

成瀬　個がないというか、その宗教の傘に入っちゃえば「オレは将来安全だ」と思っているのでしょうね。「うちの宗教を信じていれば大丈夫です」「あなたは幸せですよ」といわれて信じているようなものでしょう。

そうすると、本来的な、自分で生き抜いていくぞというのがなくなっていってしまいます。

インドの神様

成瀬　実は僕は今、先にも話しましたが、三五〇〇年ぐらい前のアーリア人がパキスタンとアフガニスタンの間にあるカイバル峠を越えてインドに来た時の話の小説を書こうと思っています。アーリア人がカイバル峠を越えてインドに来た時は、インドの土着の宗教はいっぱいあるんだけど、おそらく折伏《しゃくぶく》するんじゃなくて取り込んで、全部認めていって、入ってきているんです。そんな話を書きたいと思っています。

内田　アーリア人の宗教って、何だったんですか?

成瀬　何だったのでしょうね。

内田　三五〇〇年前というと、ユダヤの一神教はそろそろ出ていますけど、まだ地域的な宗教で、中東の荒野から先には広がっていませんからね。

成瀬　違うと思う。

内田　多神教でしょうか。太陽信仰でしょうか。

成瀬　そういうのだろうと思います。土着の宗教を潰すわけではなくて、それを取り込んでいって、後々ヒンドゥー教につながっていきます。

内田　ヒンドゥー教の主神は何なんですか？

成瀬　ヒンドゥー教の考え方としての主神はないですね。強いていうと、ブラフマーとかブラフマン。つまり、宇宙を創造した神です。

内田　それは神様ではないんですか？

成瀬　一応ブラフマー神という神様がいます。でも、人気はないよね。人気があるのはシヴァ神とか。

内田　神様に人気というのがあるんですか……。

成瀬　ガネーシャ（シヴァ神の息子）は人気があります。

内田　象の頭の神様ですね。

成瀬　そうそう。商売している人は、富と豊穣の神様のほうをやっぱり選びます。だからガネーシャは人気があります。宇宙を創造した神なんていうのは、庶民の生活と密着しませんからね。

内田　そうか、そういう抽象的なこと、宇宙とは何かなんて考えないんだ。

成瀬　宇宙を創造した神様は、あまり人気がない（笑）。

多神教のアジア――宗教は自然観がベースになっている

内田　アジアはもともとは多神教文化圏なんだと思うんです。一神教の文化圏と多神教の文化圏はたぶん地理的な条件で違ってくるのだと思います。一神教と多神教を分けるのはやっぱり自然環境じゃないでしょうか。

温帯モンスーン地域は土壌が肥沃です。農耕は種子を一粒蒔《ま》いたら一〇〇〇粒が収穫として返ってくる。農産物というのは、労働の成果である以上に自然から人間に対する贈与なんですけれど、それを農耕民は実感していたはずなんです。狩猟もそうですよね。狩人は獲物を「天からの贈り物」だと考える。これだけの時間、狩猟活動をしたので、これだけの獲物が得られるはずだ、というふうな「合理的」な考え方はしない。人間の努力の量とあまり関わりなく、自然は人間たちに贈与してくれる。だから、人間はそれをありがたく押し戴《いただ》く。

遊牧民はそうじゃないんです。彼らの財は家畜ですけれど、家畜の増殖というのは自然とは実はあまり関係がない。家畜の交配や品種改良は人間が制御できることだからです。人間が精密な計画を立てると、その工夫に従って富が殖えてゆく。一神教の文化圏を特徴づける地理的条件は「自然からの無償の贈与が期待できない」という点にある。

宗教というのは、野生の自然の力が「神的なもの」として表象されてゆくことで成立するわけですから、温帯モンスーン地域の神様と草原と砂漠の広がる地域での神様では相貌が違ってきて当然なんです。温帯モンスーン地域の神様はヒューマンフレンドリーで、気前がいい。人間にじゃんじゃん贈与してくれる。植物相、動物相が多様ですから、自然の超越的な力の現れ方もそれだけ多様になる。神的なものがさまざまな形で顕現してくる。それがさまざまな顔かたちの、さまざまな性格の神様として概念化される。それをまとめて「いつも贈与してくださって、ありがとうございます」と拝むのが多神教。一神教は、そういう気前のよい自然環境からは生まれないんじゃないかと思います。

成瀬　だから一神教だと、領土を拡大していった時に、その土地に違う宗教があると、具合が悪いわけです。過激的な一神教は地元の宗教を潰しながらいくわけです。もしくはイスラームですと啓典の民（ユダヤ、キリスト教徒）などはジズヤ税（人頭税）を払えばズィンミー（庇護民《ひごみん》）として、信教の自由は一定程度認めているケースもあります。この場合は、イスラームと同等ではなく、容認するということです。一神教の神は、その神が最高神だという部分は譲れないのです。しかしインドの多神教は、最高神を決め付けるのではなく、同等の立場において、「どうぞ好きな神様を祀ってください」というのです。土着の神を違う宗教として認めるのではなく、自分の宗教の神という位置を与えるのです。

内田　前にローマに行った時、古い教会に行ったことがあるんです。聖地というのは、パワースポットですから、原始時代から聖なる場所そのものは変わらないんです。「お、ここは霊的なエネルギーが強い」と感じられる土地に足を踏み入れると、誰でもそこに「聖なるもの」を祀る。だから、パワースポットには必ず聖堂ができる。僕たちが訪れたのはキリスト教の教会でしたけれど、その地下はミトラ教の聖堂なんです。それを潰して、その真上にキリスト教の教会を載せている。

これって、一神教の布教がどういうものかを見事に図像化していると思いました。一神教は、伝道の過程で、前にあった宗教の聖地の上に自分たちの教会を建てて、そこを占拠してしまう。エルサレムの場合は、同じ聖地の上にユダヤ教とキリスト教とイスラームの聖堂が建ってしまった。一神教は前の宗教の上に「上書きする」宗教だから。ユダヤ教の上にキリスト教が「上書き」されて、キリスト教の上にイスラームが「上書き」される。

けれど、多神教だとそういうふうにきれいに「上書き」することができないと思うんです。後から来た宗教も土着の宗教を覆い尽くすことができない。何かうまく処理できないもの、余剰が溢《あふ》れ出てしまう。

だから、キリスト教もアジアに来るとうまく「上書き」できなかった。イエズス会は明代に中国で布教しますけれど、この時、イエズス会は中国人の祖霊崇拝や孔子崇拝を認めてしまうんですよね。キリスト教の公的教義からすれば祖霊崇拝や孔子崇拝なんてまるで異端なんですけれども、それを否定したら中国では布教できない。だから、認めてしまう。その結果、明代にイエズス会は教勢を一気に拡大することになります。

でも、後からやって来たドミニコ会とかフランチェスコ会の修道士たちは、イエズス会の緩さにびっくりして、これは異端だとバチカンに訴え出た。その結果、祖霊崇拝が禁止されることになり、それで中国におけるキリスト教の布教は終わってしまった。もし、清代にあのままイエズス会が布教を続けていられれば、中国には、祖霊信仰・孔子信仰と習合した独自のキリスト教が発生していたかもしれないんです。僕はそれがどういうものだったか見てみたかった。もったいないことをしたなと思うんです。

日本には土着のキリスト教があります。「隠れキリシタン」がそうなんです。「聖地巡礼」のツアーで、釈徹宗先生と一緒に長崎の「隠れキリシタン」の聖地巡りに行ったんですけれども、やっぱりこれには胸を衝かれましたね。日本の土着の宗教性とキリスト教が習合しているんです。生々しいんですよ、これが。神仏習合どころか、そこにキリスト教が加わって、「神仏キリスト習合」の三つの宗教が習合している神社とかあるんです。これには感動しますね。こういうのは頭の中でこねくり回してやれることじゃないんです。そういうことは信仰を受肉した生身の身体しかできない。生身の身体はそういう矛盾を受け入れられるんです。だから、「隠れキリシタン」の観音信仰と習合したマリア信仰とか、ご詠歌と習合した聖歌とかからは、本当に生々しい身体性と土着性が感じられるんです。

そのツアーにはプロテスタントの牧師が一緒に行ったんですが、「隠れキリシタン」の聖地を巡歴して、ため息をついて、「負けた」と言うんです(笑)。「ここのキリスト教は土着化・身体化している。明治以降に輸入されたキリスト教はこれには勝てない」と。

経験の蓄積から生まれる神様——集団的な知

成瀬　宗教はいつから始まっているんだろうね。日本も太古の時代は宗教があったのかな。あったとしても自然神、やっぱり自然信仰だよね。

内田　『神々の沈黙—意識の誕生と文明の興亡』（柴田裕之訳、紀伊國屋書店、二〇〇五年）という本を書いたジュリアン・ジェインズという学者がいるんですけれど、昔の人が「神」と呼んでいたのは、実は集団的な経験知の蓄積のことだという仮説を立てているんです。集団的な経験知が蓄積されていて、「こういう事態に遭遇したら、こうすればいい。こういうトラブルがあった時は、こういう裁定を下せばいい」ということが不文律として集団的に記憶される。そういう集合知を、太古の人類は右脳に蓄積していたというのがジェインズの説なんです。つまり、人間のほうの言語や知的活動は左脳で行い、集合知のほうは右脳にアーカイブされている。だから、現実で困難な事態に遭遇すると、「こういう場合には、こうしたらいい」という集合知が発動して、それが右脳から左脳に向かって「神の声」として聴こえてくる。

ホメロスの『イーリアス』の登場人物たちって、判断しないんですって。どうしたらよいかは「神の声」を聴き取ってそれに従えばいい。ジャンヌ・ダルクが聴いた「神の声」も、統合失調症患者の幻聴も仕組みは変わらないらしい。

成瀬　データベースがあるということ。

内田　そうです。右脳に集合知がアーカイブされている。ジュリアン・ジェインズはこれを「二院制の心（bicameral mind）」と言っています。衆議院、参議院みたいに、二院制になっていて、分離された審議機関がそれぞれが同一の案件について違う仕方で審議する。ジェインズはその時の集合知を蓄積した右脳の働きから「神」という概念が抽象化されて生まれたのではないかという実に大胆な仮説を立てているんです。

これはかなり説得力のある仮説じゃないかと僕は思うんです。実際に聖書を読むと、古代の預言者や族長はたしかに「神の声」を聴いているんです。それが、ある時代から後は聴こえなくなってしまう。ある時点までは神は右脳にいたので、リアルに「神の声」が聴こえたんだけれど、宗教が体系化し、神が外部化されるにつれて、「神の声」が聴こえなくなった。いくら祈っても、いくら問いかけても、神は返事をしなくなった。それまでは、信仰の篤《あつ》いものが神に問いかけると「それはこうこうであるから、こうしなさい」という具体的な返事があった。それがなくなってしまった。一神教はそうやって「神の声」が遠ざけられて、例外的な霊的地

「あらゆる答えは自分の中から出て来ます」と成瀬氏

位にある人以外まったく聴き取れなくなった時代に構築されたものだと思うんです。だから、それは「聴こえない声」のための空席を脳内に確保する仕掛けだというふうに言っていいんじゃないかと思います。

多神教の場合は、「神の声」がもう少し長く生活の中に入り込んでいて、シヴァ神とかは、信者が何か語りかけると、わりとカジュアルな感じでお返事して下さったんじゃないでしょうか。

成瀬　現在のインド人もヒンドゥー教徒もけっこうそれをやっています。商売がうまくいかないと、ガネーシャの寺に行って「どうしたらいいですか？」と尋ねます。一週間から一〇日ほど祈っていると、「こうしなさい」といわれる。だから、まだそれがあるんじゃないですか。

内田　やっぱり！　神様との交流の回路がまだ残っているんですね。ユダヤ教でも、キリスト教でも、神との直接交流の回路は紀元前後で切れてしまう。それまではけっこう聴いているんです。イエスにはもちろん神の声が繰り返し下るわけですし、パウロもペテロもヤコブもヨハネも主の声を聴いている。「聖霊を受ける」経験はたくさんの信者がしている。でも、聖霊はもう神の「生声」とは違って、言語的なメッセージを伝えるものではない。それよりは、「聖霊を受ける」「聖霊に満たされる」という形での見神体験になっている。

成瀬　僕はヨーガが専門というと変だけど、やっているので、あらゆる答えは自分の中から出て来ます。スタンスとしては常にずっとそうです。

それは今のお話と同じで、神の声といわなくても一緒のことですね。「神の声が聴こえた」というのは、自分の中にあるデータから引っ張り出したということだから。……ということは自分自身を探っていくと、それに当たるおいしいものが出て来るわけです。

内田　そうだと思います。人間は言葉を使いますよね。僕らは今日本語を使ってしゃべっているわけですけれども、日本語で話しているというだけで、原理的に言えば、日本列島に土着の言語が生まれてから今までのすべての日本語話者の思念や感情を参照しているはずなんです。

これまでこの言語を一度でも口にしたことのある人たちのすべての言語経験がこのアーカイブの中に蓄積されている。だから、しゃべっている時、僕たちは不断にそのアーカイブにアクセスして、「こういう言い回しはあり得るのか?」「こういう言い方は人に理解されるのか?」「こういう言い方は音韻の響きがよいか?」という問いの答えをそこから引き出している。言葉を使う限り、常にこの膨大な言語情報との回路を開いたままにしている。

成瀬　そうですね。ヨーガで瞑想する、ヨーガで自分を知ろうとするというのは、すべて自分自身の中へ中へ探っていく。自分の中に何があるのかなと、要するにデータベースを探っていくわけですね。そうすると、一番必要なことは何でも自分の中にあるわけです。

第三章　身体を鍛えるのではなく、センサーを磨く

自分の身体の内側に「踏み込む力」

内田　凱風館で稽古している人の中に理学療法士の人がいるんです。診療のかたわら大学院で博士号を取るための研究をしているという勉強家なんですけれど、彼の専門が「超高齢者」なんです。一〇五歳とか一一〇歳という超高齢者がどういう身体を持っているのかというのがこの人の研究テーマなんです。

鹿児島県の徳之島に超高齢者がたくさんいて、彼は半年ぐらい徳之島にフィールドワークに行って、たくさんの高齢者の身体を触ってきたそうです。それでわかったのは、超高齢者たちと言っても、生活習慣とか食生活とかには特段の共通点はない。でも、身体を触ると全員に共通している点があった。それは自分の身体の内側で起きた反応を言語化できるということだった。施術されていて、今体内でこういう変化があったということを言葉にして伝えることができるんだそうです。だから、施術していると、「もういい」「もうそこで止めて」という要請がなされる。これだけは全員に共通していたそうです。自分の身体で起きたことを言葉にできるということと、緊張を緩めたり、痛みを緩和する施術であっても「もういい」という限度を感じることができる。
　ふつうの人は専門家に施術されていると、終わるまで黙って受けているじゃないですか。素人が専門家に向かって「もういいです」とか言うのは失礼にあたるんじゃないかと気遣って。でも、超高齢者はそうじゃない。限度を超えると、「ストップをかける」ことができる。それが徳之島の超高齢者全員に共通していたことなのだそうです。

成瀬　長年自分を見てきているからですよ。経験年数がふつうの人の倍でしょう。要するに、自分のことを倍見ているからわかるんだ。昔のヨーガ行者は医者の役割も担っていたんです。体調を崩したり、具合が悪くなった村人が、ヨーガ行者のもとを訪ねてくるんです。そうすると、まずどういう生活をしているかを尋ねます。それを聞いた段階でたいていは具合の悪くなった原因が予想されるのです。病気の多くは生活習慣から来ているからです。

　そしてヨーガ行者は瞑想状態になって、その患者の体内の様子を探ります。ヨーガ行者の瞑想能力は、レントゲンやCTスキャンのように発揮されます。肝臓が弱っているとか、胃が爛《ただ》れているとかの判断をして、生活習慣を改めるように指示します。時には本人の自己治癒能力を上げるために、手当て（文字通り手を当てること）をしたり、薬草などの処方もするのです。そのヨーガ行者の瞑想力は、基本的には自分を見据える能力です。自分自身を徹底的に見つめることで、自分に対するあらゆる疑問が解決されます。その瞑想力を駆使すれば、他人の健康状態や、心の状態を見通すことなど、簡単です。ヨーガ行者ではないですが、徳之島の超高齢者も、自分を見抜く力があるんだと思います。

内田　これはおもしろい研究だなと思いました。「生きる力」ということが今回の対談のテーマですが、どうも「生きる力」というのは別にエネルギーとか「フォース」とかいう量的なものではなくて、自分の体内や脳内で起きている出来事についてセンサーを働かせて、自分の中に深く踏み込んでゆく能力のことじゃないかと僕は思うんです。セルフ・モニタリングというか、自分の心身の状態をていねいに観察できる力のことなんじゃないでしょうか。

機械と人間が習合する

成瀬　自分の身体は自分でスキャンして、たいていは整えることができますが、歯だけは歯医者のお世話になっています。

内田　僕はインプラントです。

成瀬　僕もインプラント。インプラント仲間（笑）。内田先生は全部ですか。それとも部分的に？

内田　前歯とかこの辺は残っていますけれども、下の歯列は全部インプラントです。昔、多田宏先生が「合気道家は入れ歯が合う」という話をされたことがありました。門人の中に歯医者の方がいて、合気道の人たちに入れ歯を作ってあげていたんだそうですけれど、合気道家はだいたいみんな一回目の入れ歯で「ばっちりです」と言って済むんだそうです。でも、ふつうの人はなかなか合わない。「合わない、合わない」と言って、何度でも作り直させる。

これは合気道家だけが合う入れ歯を作ってもらっているからじゃなくて、合気道家はたぶん自分の口蓋の構造を入れ歯に合わせているからだと思うんです。与えられた環境に対して、自分の骨格や筋肉のほうを微調整して、インターフェイスを滑らかにするということができる。人工物を口の中に入れるわけですから、隙間とかずれとかできて「合わない」に決まっているんです。でも、合気道家はそういう隙間やずれの調整がうまいんですね、きっと。

だから、僕もインプラントの手術をする時、ほとんど自前の歯を抜いてインプラントにしちゃったわけですけれど、そんな大手術をしても別に違和感なくて、ぱくぱくご飯が食べられたり、平気にしゃべれるかどうか、自分の身体を使って実験してみたんです。身体の環境適応力を試してみたんですけれど、わりとすぐに自分のもともとの歯と同じ感じになりました。

成瀬　うん、なりますね。

内田　僕の場合はもともと歯茎が弱かったんです。原因のひとつは歯ぎしり。歯医者の先生にそう言われました。だから、歯そのものは虫歯もなくて丈夫なんですけれど、すごい圧力を歯にかけるので、歯と歯茎の間に隙間ができて、そこに歯垢《しこう》が溜《た》まって、すぐに炎症を起こすようになった。今は何ともないです。

成瀬　インプラントはいいですね。

内田　ただ、合わない人は合わないと思います。

成瀬　あとは歯医者の腕もあるからね。

内田　そうです（笑）。

成瀬　下手な歯医者に遭うとやばい。そこは重要だね。昔のインプラントはまだ技術がちゃんとしてなかったですが、今はレベルが上がっていますから。

内田　でも、野蛮と言えばかなり野蛮な手術ですよ。だって、歯を抜いて、肉を割いて、その中に牛骨埋め込んで、牛の骨と人間の骨がまざり合って歯骨ができたら、そこにドリルで穴をあけて、チタンのボルトをねじ込んでゆくわけですからね。一番長い時は六時間手術していました。でも、生まれてからずっとこの歯だと思っちゃえば何てことはないですよね。

成瀬　顎の骨によってインプラントできる人とできない人がいますね。骨の厚みとかしっかりしていないとダメなんです。

内田　僕、顎の骨は発達しているんです。

成瀬　僕も骨はけっこう大丈夫みたいですね。

内田　本来の理想的な健康状態の自分というのがあって、その理想我と現状の自分のずれを不快に感じる人は道具を自分に合わせようとしますよね。でも、合うわけないんです。本来の理想的な健康状態の自分なんて想定しちゃダメなんですよね。マシンと生物というのは、エイリアンみたいな「バイオメカノイド＝機械生物習合体」になって、癒合しちゃえないんです。機械と生物が習合する。神仏習合と同じメカニズムですよ。異物と融合し、両立し難いものを習合させる能力って、生きる上ではとても重要だと思うんです。

道具を使う仕事って、全部そうじゃないですか。自動車の運転とかバイクの運転をしている時は、マン＝マシンが一体化していますからね。昔の侍は「人馬一体」と言いましたけれど、「人車一体」でも原理は同じだと思うんです。自動車やバイクとだって一体化して、手足のように操作できるなら、インプラントくらい何てことないですよ（笑）。

成瀬　おもしろいね。

呼吸法で自分の内側を見る

内田　ヨーガもそうだと思いますが、僕らが稽古している多田塾の合気道では呼吸法と瞑想法をとても大事にしています。多田宏先生は天風会で中村天風先生に就いて修業されていますから、僕の道場では、とにかく呼吸法はていねいに稽古するようにしています。

それからこれも多田先生や諸先輩方に勧められて参加するようになったのですけれど、一九《いちく》会という禊祓《みそぎばら》いの会があります。幕末に井上正鐵《まさかね》という人が始めた禊教の流れを汲《く》む宗教法人です。一九会の行は「吐菩加美依身多女《トホカミエミタメ》」という祝詞を何千回、何万回も繰り返して唱えてゆく、非常にハードなものなんですけれども、その一九会の行の中に「永世」「オキナガ」と呼ばれる呼吸法があります。

井上正鐵師は弟子に禊祓いをする時間がない時は、永世だけでもよいと教えていたそうです。たぶんこれはヨーガの呼吸と似たものではないかと思います。深く吸って、下丹田に気を納めて、吐く時は宇宙全体に行き渡るほど広く吐く。それだけのシンプルなものです。

ふだん、僕らは呼吸を完全に自動的にやっています。呼吸するというのは一体どのような身体操作なのか、身体のどの部分をどのように制御することで成り立つものなのか、そういうことはふだんはぜんぜん考えない。呼吸法というのは、そういうふうに自動的に行われている呼吸をあえて意識的に行う。自分がどういうふうに呼吸しているのかを観察する。自分の身体の内側で起きている微細な変化をモニターする。そして、呼吸のモニタリングをしていると雑念が入らないいんですね。

無念無想と言いますけれど、ふつうはそんな簡単にそんな透明な状態には入れない。でも、呼吸法をしていると他のことは考えられないんです。呼吸って、止めるとすぐに死んじゃうわけですから、ふだんは無意識に、自動的に行っている。それを意識的に、操作しながら行うんですけれど、やっぱり呼吸は「命がけ」なんですよね。だから、他のことを半分考えながら、半分だけ呼吸のことを考えるというわけにはゆかない。一〇〇パーセント呼吸のことを忘れているか、一〇〇パーセント呼吸のことだけを考えているか、どちらかなんです。だから、雑念が入らない。

以前、南直哉《じきさい》さんという曹洞宗の禅師に伺った話ですけれど、座禅を組んで、深い深い状態に入った時に、まれに「魔境に入る」という状態になることがあるそうです。幻覚幻聴が出て来る。本人は深い瞑想に入って、大悟解脱したつもりだけれど、実際には迷い道に入り込んでいる。そういう場合に、魔境から脱出しようとする時、最後に頼るのは呼吸なんだそうです。どんな幻覚幻聴があっても、どれほど身体感覚が変容しても、呼吸だけは狂わないから。だから、呼吸に集中して、深く吸って、深く吐くということに集中していると正気に返ることができる。

どれほど他の身体感覚が変容しても、呼吸についてだけは幻覚が発生しないというのは呼吸法の本質に触れていると思います。

自分の身体を深く観察する方法としては、心臓の鼓動を聴くとか、臓器の蠕動《ぜんどう》を感知するとか、やろうと思ったら、いろいろな技術があり得ると思うんです。でも、最終的には呼吸法が残った。鼓動法とか蠕動法とかいうものは一般化しなかった。それはひとつには、自分の呼吸は誰でもモニターできるということだと思うんです。自動的・無意識的な呼吸から、意識的な呼吸にパッと切り替えることができる。そして、意識的に呼吸するようになると、雑念が入りにくい。呼吸にだけ集中できる。それから、呼吸だけは脳内にどんな幻想が湧き出ても、それによっては乱されない。脳内幻想のせいで血圧が上がるとか、胃が収縮するとかいうことはたぶんあると思うんですけれど、幻想で呼吸が止まるということはない。すぐに死んじゃいますからね。

成瀬　まさにその通りです。呼吸法に雑念が入らないというのは、他のやり方もいろいろあるけれども、たしかにシンプルですからね。呼吸自体は誰でもがやっていることだから。

内田　誰でもできる。していない人はいない。

成瀬　そうそう。基本はそれに意識を向けるだけのことだから。

呼吸の基本は吐くこと

成瀬　物心ついた時から自分の身体を使って遊んでいました。それがヨーガだと知ったのはずっと後のことです。「ヨーガをやっていた」という表現が適切かどうかわかりませんが、何しろ自分の身体で遊ぶのがおもしろいんです。

いろんなことをやっていたら、それは全部ヨーガだというわけ。

呼吸も動きも、瞑想的なことも含めて、自分とは何なんだろうと思ってやっていました。自分の身体的なことで、おもしろいことを見つけると、「何だこれは！」と追求します。自分自身が一番おもしろい遊び道具なんです。

呼吸はふだん生活しているとまったく気にしませんが、呼吸が気になるというのは、基本的に危険な時が多いんです。例えば、海で溺れそうになった時や、一〇〇メートルをダッシュした時にハッハッハッハッとなると、呼吸に意識がいきますね。そういう時以外は、呼吸に対して私たちは気にもとめません。

ヨーガの呼吸法では、何も気にしていない時にコントロールして能力がつくと、いざという時に「呼吸しなきゃ」と思わなくても、一番効率のいい呼吸ができるようになるんです。それは何かというと、基本的に止めるか吐くか。吸ってはダメなんですよ。

内田 それはどうしてなんですか？

成瀬 吸うのは死へつながるから。私たちが生まれてきた時は、オギャーッとまず息を吐くところからスタートです。死ぬ時は最期、息を引き取る。

内田 あ、そういえばそうですね。「息を引き取る」って言いますものね。人間死ぬ時は息を吸って終わるんですか。

成瀬 そう、吸って終わるんです。僕も人の最期を目にしたことがありますが、最期の最期、息を吸って終わりますね。生まれた時は吐きから始まって、吸って終わるんです。

火事の時にワーッと煙に巻かれちゃうのは息を吸ってしまうからです。吸わなければ、有毒なものを吸わないで逃げられるじゃないですか。ウッと我慢して向こうまで行けば助かる。だけど、その間に吸っちゃうから余計なものが入っちゃうんです。

海で溺れるのも同じで、水を飲んでしまうのは息を吸ってしまうからです。要するに、水の中に入った時に、息を止めるか吐くかしていれば水は入ってこないんです。水面に出た時にスーッと吸えば大丈夫ですが、実際の時にはそんなことを考える余裕はありませんからパニックになって息を吸ってしまうんです。だから、止めるとかゆっくり吐くということだけ身につけていればグッドですよ。

内田　なるほどね。先ほど申し上げた一九会の禊祓でも、とにかく「吐け」とだけ言われるんです。ひたすら息を吐くことを稽古する。

成瀬　吐くことのほうが重要ですね。

内田　だから強い吐き方をずっと稽古するんです。呼吸とは言いますけれども、本当は「呼」なんですね。

成瀬　その通り。呼吸自体が「呼・吸」だから吐くことをまずやれということなんです。だけど、戦後、私たちは間違って「深呼吸ですよ。スーッ」とまず大きく吸いました。

内田　そうですね。最初にまず吸うという呼吸法がありますね。あれ、おかしいんだ。

成瀬　明らかに間違いなんです。

内田　呼吸は、まず吐くところから始まる、と。そうですね。永世もそうです。まず吐き切る。

成瀬　吐き切るとか吐き出すというのは、例えばコップの水をピュッと捨てても中に少し残っていますよね。だけど、徹底的に時間をかけて捨てると、一滴の水も残りません。肺も同じですよ。

例えば、ハーッと吐いて、それで吐き切っているかというと吐き切れていないわけです。だけど、フーッとゆっくりやると吐き切れます。これと同じです。水も一気にピュッとコップを振っても残ってしまう。

ゆっくり吐くことによって本当に肺の中に入っている汚れた空気が出ていきます。深呼吸でスーッと吸ってしまうと、肺の中に今入っているのは汚れた空気だから中途半端で、そこに新鮮な空気を入れてもダメなのです。それこそ泥水があるところにおいしい水を入れるようなものだから。だから、空っぽで、きれいにしておいて、そこにおいしい水を入れるとちゃんとしたものになる。同じですよ。ゆっくり吐くことによって汚れた空気が出ていく。あとは自然に入ってくるからね。そういうものですよ。ちなみに過呼吸の人は、うまく吐けない。

内田　過呼吸って、どうして起きるんですか。

成瀬　あれはわからない。

内田　よく聞きますね。昔は聞いたことがなかったけれども、頭に紙袋をかぶせたりしていますが。うまく息が吐けないというのが、実は僕にはよくわからないです。どうしたら息を吸い続けるなんてことができるんでしょうね。パニックになるとそうなるんですか？

成瀬　意識の中に「息を吸わなきゃ」というのがあるんですね。だから吸いたくなるんです。海で溺れる時もそうだけど、吐きたくはならないんですよ。吸いたくなっちゃうんです。火事の時も同じだけど、パニックの時は息を吸いたくなるんです。だけど、本当はそうじゃなくて逆なんですよね。

内田　これも多田宏先生から伺った話ですけれど、若いお坊さんが先達から、とにかく困ったことがあったら「尻の穴を閉めて、深く息を吐け」と教わったそうです。その人が乗った船が沈没したことがあった。いつも教わった通り、尻の穴を閉めて、深く息を吐いたら、そのお坊さんは泳げなかったんですけれども、助かったそうです。

成瀬　人間は驚くと息を吸ってしまいます。びっくりするとハッとなりますが、この時は息を吸っています。驚いた時にフーッとゆっくり吐いていれば、そんなに驚くことはありません。

恐怖心は身体現象

内田　恐怖心とか驚愕《きょうがく》というのは、実は身体現象なんですよね。心の現象だとみんな思っていますけれど、身体現象なんです。だから、両手の薬指をこうひっかけて伸ばすと、恐怖心が消える。

これは甲野善紀先生から教わったことなんですけれど、薬指をひっかけて引っ張ると、横隔膜が下がるんだそうです。恐怖心というのは身体的には横隔膜が上がる現象なので、横隔膜を下げてしまうと、恐怖心も消えてしまう。

凱風館で甲野先生の講習会があった時に、その実験をしてくれたんです。うちの道場に小学生の女の子がいたんですけれど、その子を呼んで「君、怖がり？」と訊いたんです。「わりと怖がりです」と答えたら、甲野先生が木剣をその子の目の前に突き付けたんです。当然、ヒッと身を縮めた。甲野先生が笑って、「こんな衆人環視の前で当てたりするわけないでしょう。絶対当たらないから」と言うのですけれど、それでも切っ先を目の前に突き付けられると身を縮める。

「じゃ、これやってごらん」と今の薬指の操作で横隔膜を下げると、目の前に切っ先を突き付けられても、まばたきもしない。横隔膜を下げただけのことで、恐怖心が消えてしまった。恐怖心というのは心理的な実体じゃなくて、ある種の生体反応なわけですね。だから、横隔膜を下げれば恐怖心も消える。

怒りの感情が湧いてきたら、尻の穴を閉めろとか、とりあえず息を吐けとか、よく言いますよね。そんなことしたって意味ないじゃないかと思う人がいるかもしれませんが、身体を調えると、恐怖とか驚愕とか焦燥というようなネガティブな感情は制御可能なんですね。

薬指ってどうやらすごく大事な器官みたいですね。刀や杖《つえ》を使う時でも薬指と小指の絞りが非常に大切ですし。だいたい、「薬指」というのは、薬を塗る時はこの指を使うからですよね。女の人がお化粧とかする時とか、唇にリップクリーム塗る時も、だいたい薬指使いますよね。「印を結ぶ」というのも、そういう効果を求めてのことなんでしょうか。

成瀬　印はおもしろいですね。

内田　印相にはいろいろなものがあります。前にラグビー選手の五郎丸さんがプレースキックの前にやった形がありましたね。あれ、何でしたっけ。

成瀬　拝むような「五郎丸ポーズ」といわれていたものですね。今は腰付近に手を当てたままキックするそうですが、やはり手自体は定位置に置くようにされているので、ご本人が意識している以上に身体には影響があるものですよ。

内田　僕も精神を集中しようとすると、自然にこういう形で組んでしまうんです。

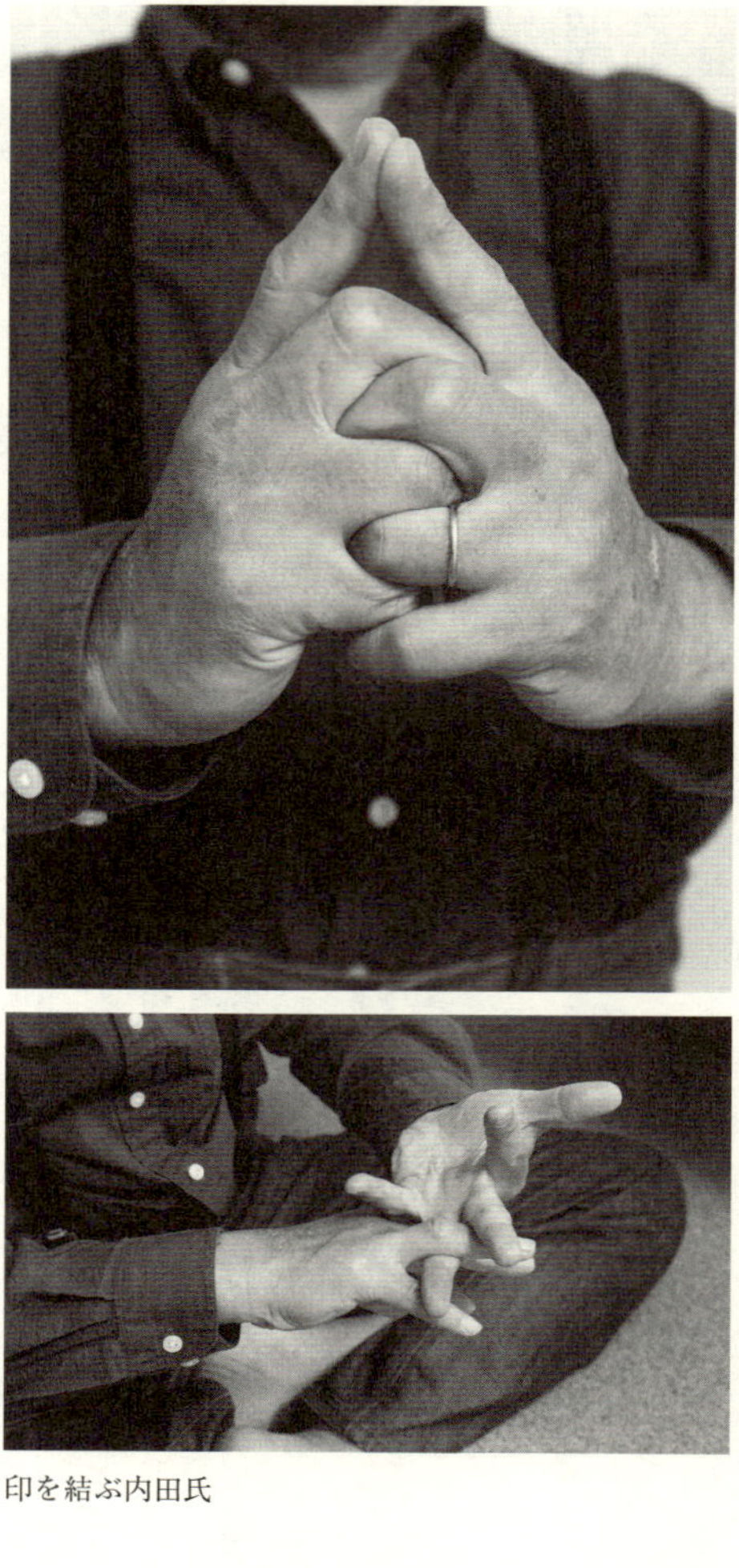

印を結ぶ内田氏

成瀬　いいですね。
内田　こういうのって、何か決まりがあるんですか。
成瀬　いや、いろんな印があります。
内田　僕はこれが一番落ち着きますね。
成瀬　それは根源的な生命エネルギーと関係あるんです。人間にはもともとてつもない大きなエネルギーが内在されています。そのエネルギーのことを「クンダリニー」といいます。ただふだんの生活では必要のないエネルギーなので、閉じ込められているのです。そのエネルギーを安全に覚醒させるテクニックが、クンダリニー・ヨーガです。そのエネルギーを感知するセンサーとして、内田さんのやった指の形があるのです。
内田　指の順番は人によって違っていいんですか。
成瀬　人によっては反対でも構いません。
内田　クンダリニーが活性化するんだ。
成瀬　そうそう。クンダリニーを象徴しているんです。
内田　仏教でも神道でもそういう印相はいろいろあるんですよね。僕ら子どもの頃は「猿飛佐助！」とか忍者ごっこをする時は必ずこの印を結びましたね。印を結んで「ドロン」と言うと姿が消える。

イメージと意識の違い

内田　自分の身体を上から見下ろしている幽体離脱の経験をしている人はたくさんいると思うんですけれど、脳科学の池谷裕二《いけがやゆうじ》さん（東京大学薬学部教授）から、すごくおもしろい話を聞いたことがあります。ミラーニューロンというのがありますね。霊長類が他の個体が何かするのを見ている時に、活性化するシナプスがある。具体的な行動としては出力されないんですけれど、脳内で自分が見ている行動をシミュレートしている。他人の行動を見ているだけで、その行動に必要な運動を指令する脳内回路はできる。だから、「出力スイッチ」を押すだけで、見たのと同じ行動を再現することができる。

エドガー・アラン・ポーの『モルグ街の殺人』では、自分の飼い主の船員が髯《ひげ》を剃《そ》っているのを見ていたオランウータンが、実際に剃刀《かみそり》を手にした時に、女の人の首を切ってしまうという事件がありますけれど、これは本当にそうらしい。オランウータンは人間がボートを漕いでいるのを見ると、それを真似してボートを漕いだりするそうですから。

池谷さんから伺ったのは、ミラーニューロンを強化する薬剤が作られたという話です。それを投薬したら被験者たちにどういう反応が出るか実験してみた。そして何十人かに投薬してみたら、全員が同じ幻影を見たそうです。それが幽体離脱なんだそうです。

おもしろい話だなと思ったんです。どうして、ミラーニューロンが強化されると幽体離脱するのか。僕の仮説はこうです。

ミラーニューロンが強化されると、自分の周りにいる人間の行動がすべて自分の脳内でトレースされるわけですよね。他人の動きを自分の動きであるかのように感じることができる。そうなると自分に見えないものでも見えて、自分に聞こえない音も聞こえて、自分の手が触れることのできないものに手が触れているような気がしてくる。その感覚を自分自身に対して説明しようとしたら、自分はその部屋にいるすべての人たちを含んで、部屋いっぱいに広がっている巨大な身体のようなものだと想定するしかない。そうなると、天井のあたりからその場を睥《へい》睨《げい》している仮想的な視座から部屋を見下ろすことになる。その時に、自分の身体そのものが自分の手足が遠くに見えるように、遠くに見えてしまう。そういうことじゃないかと思うんです。

臨死体験の時も、もう自分の身体は動かないわけですよね。でも、たぶん臨終の床の周りには医者とか看護師とか親族とかがいる。脳内のミラーニューロンだけはまだ生きて活動していれば、周りにいる人たちの動きをまるで自分の身体感覚のように感じることができる。そうすると、仮想的な視座だけは、その部屋の天井まで上がっていって、自分を含めた部屋全体の人たちを見下ろす。そういうことじゃないかと思うんですけど、どうですかね。

成瀬　瞑想がそうなんですね。瞑想能力は、要するに自分をどこかから俯瞰《ふかん》する能力だから。自分を知る、自分を見ることが瞑想です。自分は何なんだろう、どうして生まれてきたんだろう、どうやって生きていったらいいんだろう、どうやって死ぬんだろうと、全部自分に関する疑問を少しずつ解決していく。瞑想することによって、自分がこうだなとわかってくる。

例えば、ふだん自分の背中は見えていませんね。自分を見るためには、最低限でも自分の肉体から離れる必要があります。それによって自分を第三者的に見ることができるわけです。それはミラーニューロンと同じです。瞑想能力があるんですね。その瞑想能力は、意識を広げるという表現でもいいですが、例えば、目で見ているものだけが視覚だという限定されたものから離れて見ることもできるようになる。聴覚も他の感覚も全部そうです。

自分の意識を広げていくことによって、壁に突き当たってそれ以上行かないよとはならない。突き抜けても構わない。それが広がっていくことが「宇宙いっぱいに自分の意識を広げる」ということです。

「宇宙の果てまで行ってくる」というのは、瞑想者にはよく出て来るフレーズです。自分の意識が広がっていくと、距離はどのくらいかというのがなくなって宇宙の果てでも構わない。それが自分の体感としてあれば正しいんです。しかし、イメージしただけだとダメなんです。

「イメージ」と「意識」はまったく違います。

意識できると、まさに今やっている動きがその人の脳内で生じているわけです。だけど、イメージは違います。イメージしても、それは自分の身体の作用として機能するまでには至っていません。要するに、「こうだろうな」と思うのがイメージですね。だけど、意識するというのは、脳内で動いていることです。その違いはすごく大きい。

内田先生の話は、まさに意識のことですよね。イメージしているわけじゃないのです。「こうなんだろうな」というイメージとは全然違う。まさに脳が活動して機能している。例えば自分の意識を広げていって、地球いっぱい、宇宙いっぱいまで広がるというイメージをしても広がらないんだけど、瞑想して意識すれば広がるんです。体感としてつかむことができます。

死の先も一緒ですね。みなさんはたぶんイメージしかできない。でも、意識できたら、それはその人にとっての本物じゃないですか。瞑想家というかヨーガ行者は、死の瞬間から死の先までを意識できます。だから怖くない。イメージだけしていると怖いんです。「お化け屋敷に入ったらどうなんだろう」とイメージだけしているから怖いわけです。だけど、意識できたら全然怖くありません。

意識の拡大と身体の拡大

成瀬　瞑想は本当に可能性がどこまでも広がるから、限定解除みたいなものですね。すべての五感は、物理的な常識を取っ払ってしまうとどうにでもなります。例えば「あの人は心が広いね」といいますが、「エッ、心ってどう広いの?」とはいいませんよね。だけど、そういう表現が実際にあるということは、意識は「このぐらいの大きさ」というあらわし方ではなくて、いくらでも大きくできるのです。「僕の意識をこの部屋いっぱいに広げる」といって、そういうイメージをしても広がりませんが、本当に自分自身がそう体感すれば、それはそのものなんです。

体感したことを「イメージした」とはいいません。「意識できた」ということです。イメージには体感が伴わなくて、意識するというのは体感があるのです。瞑想で得られるものはすべて体感があるので、本人にとっては疑念の余地がないのです。部屋いっぱいに意識を広げるという「イメージ」をしても、広がりません。明らかな体感があれば、それは間違いなく部屋いっぱいに広がったのです。

瞑想したような気持ちになるのではなく、瞑想することで実体験があり、実感があるのです。瞑想ってどんなことをするのかというと、自分に意識を向けるだけです。瞑想は自分を知るためのテクニックなので、自分に意識を向ければそれですでに瞑想になっているのです。例えば、目を閉じると外の世界が見えなくなります。しかしそれで世界が無くなったわけではなく、単に視覚でとらえられないというだけです。しかも外の世界が見えなくなった分、自分を見据えやすくなるのです。

瞑想の入り口は、何かに集中することです。瞑想のために雑念を排除しようとすると、逆に雑念だらけになってしまい、瞑想がうまくできません。しかし、何かひとつに集中すると、雑念はごく自然に消えてしまいます。そのことだけに意識が向くからです。例えば、呼吸に意識を向ければ、それだけで集中状態が作れます。「今吐いているな、今吸っているな」と自分の呼吸を観察するのです。そうすると集中できて、心が落ち着きます。この状態が瞑想の入り口です。電車に乗った時にドアが閉じられた瞬間に目を閉じて、自分の呼吸に意識を向けます。次の駅でドアが開いた瞬間に目を開けて終わりです。ほんの数分ですが、これが大切なのです。

瞑想は長時間すればいいのではなく、ちゃんとした集中状態を短時間でも保つことが大切なのです。安定した集中状態を作れれば、よい瞑想体験は、向こうからやって来ます。「自分を見据えること」「ひとつに集中すること」が瞑想にとって大切なテクニックです。自分を見据えることで、他人のいろいろなことが見えるようになります。合気道をやっている中でも、そういうのがいろいろあると思いますが。

内田　合気道の場合は、具体的に自分と相手が身体を触れ合ったり、呼吸を合わせたりするので、おっしゃる通り、基本的には「意識の拡大」と「身体の拡大」ですね。自分の身体と相手の身体がひとつのものになっていって、相手の身体を自分の手足と同じように扱ってゆく「活殺自在」を理想とするわけですが、そのためには、とにかく自我はなくさないといけません。向こうにも自我があって、こちらにも自我があって、それがぶつかっては体感が同化しない。

合気道は「動く禅」「動く瞑想」とよく言われます。瞬間的にトランス状態に入って、意識と身体感覚が拡大する。自分の身体と相手の身体が同じ組成でできているような質感の同期が起きて、自分が相手の身体をどうこうしているというのではなくて、ふたりの身体がつながって同じものになるような。

成瀬　それは体感して、意識できるからであって……。

内田　そうですね。体感できないと技は使えませんから。

成瀬　入門者はそれが体感できないわけです。「そうだよ」といわれても、「そうなのかな」「こうなるのかな」というイメージしかできないんです。だけど、その実践を重ねている人にとっては体感できる。

内田　「同化」という言葉はみなさん知っているし、意味も知っているんだけれども、「自分の身体と相手の身体がちょっと深目の瞑想に入った瞬間にパッと身体の感覚が同化するじゃないですか」と説明しても、身体感覚が同化したことのない人には、語義はわかっても、実感はない。

成瀬　実感があるのはとても大切なことです。

内田　そのイメージから実感への飛躍はどの段階で生じるんでしょうか。それは修業しろということですか。

成瀬　経験値です。経験のないことは、一般的にはイメージでしかなくて意識できないんです。よく例として話すのは、僕はスキューバダイビングをいっときやっていました。二〇メートル、三〇メートルと潜っていくと、水圧が身体にかかって体感が変わってきて、音の感覚も変わってきます。それは経験しているから、パッと思い浮かべるだけでその感覚がよみがえってきます。だけど、経験したことのない人は、「二〇メートル、三〇メートル潜りました。身体の中の圧が変わりました。音も変わりました」といっても、よくわかりませんよね。

内田　僕もそうですよ。

成瀬　スカイダイビングも、体験している人はわかるけれども、僕は一回もやったことないから、「ビュッとおりた瞬間、こうなるんだろうな」というイメージで終わりです。だけど、体験している人は、それを思っただけで体感できるじゃないですか。実際に風圧の感じとか、身体がこうなるとか顔がこうなるとか、全部体験していると、それがまさによみがえりますね。だから、「イメージすること」と「意識すること」の違いは、やっぱり体験しているかしていないかが非常に重要です。

スポーツでいう「イメージトレーニング」は、僕は、正確には「意識トレーニング」だと思います。なぜかというと、例えばゴルファーだったらアプローチのイメージをしっかりトレーニングする時に、プロゴルファーは実際にクラブを持って振っている感触があるから、「この振り方はまずいな。もうちょっとこうだな」と思うわけです。だけど、やったことのない人は「たぶんこうだろうな」というイメージしかできない。プロゴルファーとか野球の選手は「フォームがちょっと悪いな」とか「こうやったらここでちょっと具合悪いな」と意識できるから、

「イメージトレーニング」じゃなくて「意識トレーニング」をやっていますね。

内田　「イメージ」は画像として見ている感じで、「実感」は現にあちこちの感覚がわかる。

成瀬　まさにそれをやっているというのを自分の中で再現できて、「右手の力がこうだな」とかわかる。

内田　「ここ、ちょっと突っ張っちゃったから、この角度を変えればいいんだ」とか修正できるんです。

成瀬　イメージと意識ははっきりと違うので、そこは生徒にもよく話をするんです。

内田　どんなことでも、「これはこうなんです」とすごくはっきり断言されることは、その人にとっては実感的な根拠があるんですね。

北半球と南半球の回転理論

内田　武道の場合は、よく意味のわからない術技とか型があるんです。僕が尊敬している光岡英稔先生が言われたことの中でもっとも腑《ふ》に落ちたのは、「古流のすべての型は、最初に作った人の実感の裏づけがある」と言うのです。理屈でこねあげたものじゃない。型にはその型を作った人の「これだ」という身体実感のリアルな裏づけがある。

型を遣《や》った時にうまくゆかないのは、その型を「なるほど、これだ」と感じることのできるところまでこちらの身体の精度が上がっていないからなんです。「何でこんな型があるんだろう」と思うのは感覚の分節が雑だからなんです。感受性が精密になれば、いつかは型を制定したオリジネーターの身体実感がわかるはずなんです。あくまで「はず」であって、できるわけじゃないんですけれど、型を稽古する時に、その型を「これしかない」と実感した型の創始者が感じたことをめざして稽古するというのはプロセスとしてはまことに正しいと思います。

僕はいろいろな武道をやっていますけれど、古伝の型は意味がわからないものが本当に多いんです。何でこんな奇妙な格好をさせるんだろうと頭を抱えるようなものがいくらもある。それを武道家たちはいろいろに解釈する。でも、時々、「昔はこう遣ったらしいけど、遣りにくいから変えよう」と変えてしまう人がいる。現代人の身体に合わせて、伝来の型を変えてしまう。それはやっちゃいけないことだと思います。それをやったらもう型の稽古にはならない。

成瀬　沖縄空手もそうですね。現代風に直してしまったら、まったく違うものになってしまう。

内田　そういうの、けっこう多いんです。現代風に直して、もともとまったく違ったものになった理由のひとつは、光岡先生によると、現代人は身体が左右対称に動くことを理想としてしまったことだそうです。

考えてみたら、そうですよね。人間の身体は左右対称じゃない。心臓の位置や肝臓の位置を考えたら、身体を完全に左右対称に使うことはできないし、使おうとするべきでもない。ある種の動きは右が支配し、ある種の動きは左が支配する、そういうことはあって当たり前だと思うんです。北半球と南半球だと右回転や左回転の身体にかかってくる力が違ってくる。「君子は南面す」というのも、そうだと思います。北極の磁力を感じることができる身体を持っている人たちだったら、考えるまでもなく、そういう方角に玉座を置いて、臣下たちはその南に居並んだはずなんです。

道場でも必ず北が正面になります。それは昔の人は師匠が南面して座り、弟子たちは北面して居並ぶことを自然だと感じる身体感覚のリアルな裏づけがあったからですよね。ランダムな取り決めだったわけじゃない。昔の人はそれが感知できるぐらいに体感が敏感だったけれど、現代人はそれがもう感じられなくなった。

右と左、どちらにものを置くかということも別に適当に決まっているわけじゃないと思うんです。北半球で、右は沈んで左は浮く。容器のふたも右回転は閉まって、左回転は開く。左右の回転でも、身体が浮く回転方向と、逆に沈む回転方向は違うじゃないですか。でも、そういう左右の違いについて、学校でも、家庭でも、誰も教えない。

成瀬　クンダリニーでもそうですね。クンダリニーは人間が持つ生命エネルギーのことで、左回転で上昇回転していって、右回転は下降回転していきます。

内田　これは北半球だけでしょうか。南半球になると変わるんですか。

成瀬　変わると思います。

内田　時計の針の回転は日時計の動きに合わせるから、南半球で時計が開発されていたら、現在と逆回りの時計になっていただろうという話が、この間、時の記念日に新聞の社説に書いてありましたけども、太陽系の第三惑星上のある位置で暮らしているというだけで、人間の身体にはさまざまな物理力が作用しているわけです。それを昔の人はきちんと感じ取っていたけれど、現代人は感じ取れなくなった。

成瀬　北半球のほうが陸が多いから、人間には北半球の回転理論が中心に広まった。

内田　南半球のほうが土地が広かったら、人間の使う道具も南半球ベースになっていたかもしれないですね。「人類は西へ向かう」という話をしましたが、昔の人がとりあえず西へ向かうというのは、地球の自転のことがあるからだと思います。日が暮れ始めたら、古代の人間は一歩でも西に行ったほうが生存戦略上有利だということを直感していた。暗闇は、人間にとっては周囲が見えなくなって、どんな危険に遭遇するか予測できない。夜行性の肉食獣に捕食されるリスクだってある。だから、とにかく見知らぬ土地で日が暮れてきたら、とりあえず一歩でも西に向かったほうが生き延びるチャンスが高まる。それが「何かあったら、とりあえず西へ向かう」という根本的な趨向性を人間の中に刻み込んだんじゃないかと思うんです。どうでしょう。

成瀬 西方浄土。この世の西方にある極楽浄土。

内田 西方ですものね。日想観も太陽を拝むし。江戸から京都に行く東海道五十三次も逆にはなりませんからね。

エネルギーから見た江戸と神社仏閣のつくり

内田 東京という街が右回転しているという説をご存じですか。

成瀬 知りませんでした。

内田 日仏会館の館長をやっていたフランス人の地理学者のオギュスタン・ベルクという人がいて、その人の説なんですけれど、ベルクさんによると、東京という都市は時計回りに回転しながら広がっているというんです。

江戸時代の繁華街は吉原とか浅草とか、江戸城から見ると北東に当たる方角にあったでしょ。それが柳橋、浜町、銀座、新橋というふうに右回転しながら、だんだん南下してくる。品川とか新宿は江戸時代からの繁華街ですけれど、昭和から後になると、若者の集まる街は赤坂、青山、渋谷というふうにさらに右回転を続けて、時計で言うと、吉原が江戸城から一時の方角で、赤坂、青山、渋谷が八時半の方角。一五〇年かけて、そこまで時計の針が回っているわけです。人が集まるところが移動している。どこの都市でも、古地図を見ると、街の発展がわかるわけですけれど、必ずある種のパターンがあるんですよ。広がる方向が決まっている。でも、こういう話、学者はまじめに取り合ってくれないんですよね。

本来、都は長安から平安京に至るまで、青龍、白虎、朱雀、玄武の四神を東西南北に配して、風水的によい形を整えるものなんですが、江戸は四神が整っていないんです。北東の鬼門は上野の寛永寺が抑えていて、南西の裏鬼門は芝の増上寺が抑えているというあたりはふつうなんですけれど、玄武の方角である北には山がないし、東西にも尾根がない。京都だと、北、東、西には山があって都をきちんと囲んでいるけれど、江戸だと北東の鬼門には上野の山があり、隅田川は鴨川《かもがわ》と同じように北東から南西に流れていますけど、三方に山がないので、抑えが効かない、だから、都市が動き出してしまう。そういう都市を動かすエネルギーというのはどんな都市にでもありますよね。

成瀬　都市づくり、建物づくりで、やっぱりそういうのはありますね。神社とかお寺でも参道があって、本殿の中心への道は一直線ではなく、必ず少しずらしています。

内田　まっすぐじゃないんですか。

成瀬　まっすぐだとしても、少しずらす。僕はインドの巨大な墓廟《ぼびょう》タージマハルに行った時にそれを確かめたら、やっぱりちょっとずれていました。

内田　どうしてずらすんですか。

成瀬　極端にいうと、お城なんかもそうですが、まっすぐ敵に踏み込まれないためにずらしておいて、一回どこかにぶつかって、エネルギー自体が、ストレートにポンと来ないようにしている。

内田　それは神社仏閣でもそうなっているんですか。

成瀬　大きくやる場合もありますが、まっすぐに見えていてもちょっとずれています。やっぱりエネルギー的な問題でしょうね。外からの邪気をストレートに持ち込まないように。そのために鳥居や結界を作っています。いろんなものが来るということは、その中には邪気もあるわけだから。

身体感覚を磨く道場

内田　僕は自分の道場である凱風館を作る時に、多田先生にお尋ねしたことがあるんです。「今度、道場を開くことになりました。先生、道場を開くに当たって何か心すべきことはありますでしょうか」と伺いました。そしたら、先生がニコッと笑って「変なヤツが来る」とだけおっしゃいました。道場開設に際して、いろいろな方からいろいろなアドバイスを頂きましたけれど、多田先生のこの言葉が一番おもしろかった。

成瀬先生が今「邪気を防ぐ」とおっしゃいましたが、道場のようなパブリックスペースを作ると、たしかにそれに引き寄せられて「変なヤツ」が来るんです。でも、それがパブリックということの宿命なんだと思う。だから、それに対する「備え」をしなければいけない。でも、それは別に奇矯な人間が来るからSECOMに入っておくとか、防犯カメラを取り付けるとか、塀を高くするとか、玄関を厳重に施錠して、知らない人が来ても簡単には開けないとか、そういうこととは違うと思うんです。「変なヤツが来る」のは前提なんです。それは防げない。中に入ってきちゃうんです。合気道の門人になっちゃうんです。それは防げない。「あんた様子が変だから入門させない」というわけにはゆかない。

だから、多田先生から頂いた「変なヤツが来る」というのは僕にとっては禅の公案のようなものだったんです。さて、それに対してどうしたらよいのか。それは自分で考えなくちゃいけない。それを含めて武道家としての修業なんだということで先生はにっこり笑ったんじゃないかと思います。

成瀬　作家の今野敏《こんのびん》さんは作家として有名だけれども、今野塾という沖縄空手の道場を開いています。大の空手好きです。私が今野さんを初めて知ったのも『ジャズ水滸伝《すいこでん》』という格闘技とジャズが融合した、彼の小説でした。一九九一年に私のパフォーマンス公演があって、その時に初めて対談しました。それからは親しく付き合うようになったのです。彼はもともと東芝EMIのディレクターをしていたので、音楽にも造詣が深いです。私もジャズを仕事としてやっていたので、その部分でも共通の話題が多いです。今彼はジャズギターを練習しているので、そのうち共演しましょうといっています。その今野さんが自宅の下に道場を開いています。道場ができた時に、僕がガネーシャ神の像をあげました。そうしたら、それ以来、道場の守り神になっているようです。変なものや人が入ってこないといっていました。どうやら役に立って

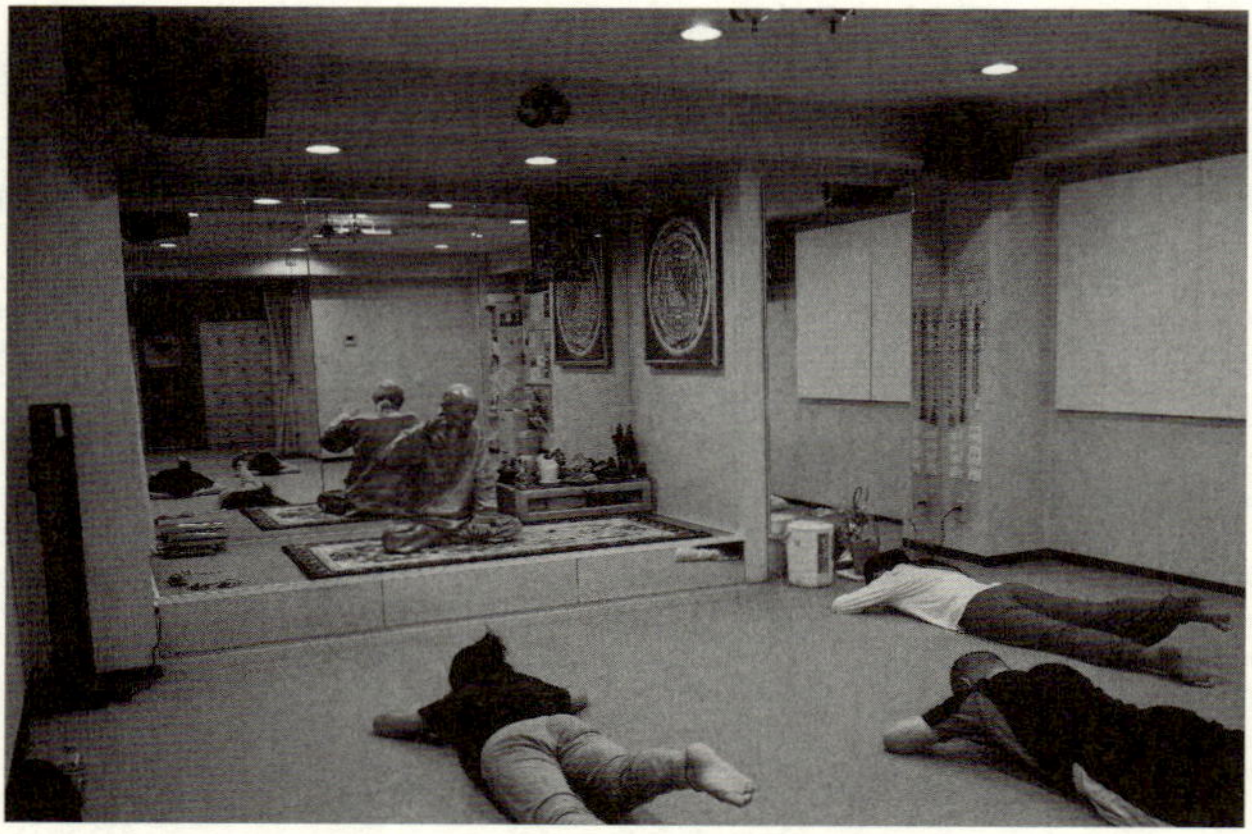

成瀬氏の教室。ヒマラヤの水や曼荼羅が配されている

いるらしいです（笑）。

内田　いいですね。そういう守護神があるのは。ふつうの公共施設の武道場は政教分離ですから神仏に類するものは一切置いていません。でも、幸いうちは個人の道場ですから、どんな宗教的な仕掛けをするのも自由です。ですから、道場右の長押《なげし》の上には神棚があります。そこに地元の元住吉神社の祭神を勧請してあります。正面の壁には植芝盛平《うえしばもりへい》先生の写真を飾り、長押の左側には「合気」という植芝吉祥丸《きっしょうまる》先生の揮毫《きごう》が飾ってあります。道場の南面の壁には多田先生の書かれた「風雲自在」を扁額《へんがく》にしています。もう四方八方を霊的に固めているんです。そういう霊的な備えがあると、道場の空間が浄化されるんで

すね。

成瀬 僕のヨーガ教室も、入ってこようとして「ここは入れないわ」といって帰ってしまう人がいます。逆に、いろんな人に「ここは居心地がよすぎて帰れない」といわれることもあります（笑）。

内田 成瀬先生の教室はすごく居心地のいい空間ですよね。ここに入れないという人がいるんですか。おもしろいですね。それは先生が作っている結界に弾かれちゃうんでしょうか。

成瀬 いろんな仕掛けをしてあるからね。祭壇の一番左にビーカーみたいなものに水がありますね。これはヒマラヤのゴームクという地で採取したガンジス河の水で、ほんの少しずつ蒸発しているんです。すると、ヒマラヤの空気がこの教室にある。

内田 なるほど。

成瀬 あと、オーム（宇宙）という護符。サンスクリット語で書かれています。そういうのがいろいろあるから、ダメな人は「ここには入れない」といって入ってこられないんです。

内田 正面に鏡があるのも何かの仕掛けでしょうか。

成瀬 ヨーガの教室なので、みなさんの動きがわかりやすいように。

内田 （笑）。そういう実利的な理由なんですね。ヨーガのアーシュラムには定型とかフォーマットはあるんですか。
成瀬　特別ないと思います。
内田　方角はどうですか。
成瀬　方角も、インドではあまり考えていないんじゃないでしょうか。
内田　インドで瞑想する時は、やっぱり高地でヒマラヤを背にして、インド亜大陸を一望に見下ろすというのが定型なんじゃないかな。インド洋を背にして、ヒマラヤを仰ぎ見るよりも気分がよさそうですけれど、行者たちはどうなんですか。
成瀬　基本はおっしゃる通りです。だから、教室の中央に飾っているシヴァ神の絵もそうですね。背後にヒマラヤがあります。
内田　ああ、やっぱりね。瞑想するなら、ヒマラヤを背にですよね。
成瀬　教室にシヴァ神を飾っているということは、僕はその絵の手前に座って生徒に教えるわけです。そうすると、シヴァ神側にいることになります。反対に、生徒として座る場合は、神様に対して礼儀を尽くす側にいることになります。合気道の道場もそういうのはおそらく同じですよね。
内田　そうですね。うちの道場は左右対称で、南北に少し長い長方形で、正面の壁に植芝先生の写真を掛けてあります。

お訊きしたいことがあるんですけれど、合気道の稽古の時、僕は北を背にして門人たちの前に座るわけですけれど、その時、道場の真ん中には何となく座りにくいんです。だから、ちょっとだけ真ん中の線を外して、座るんですけれど、これ、どうしてでしょうか。

成瀬 それは、やっぱり大先生の前を遮ったらまずいから。

内田 そうですか。杖道の稽古もやっていて、その時は、夢想権之助神社という太宰府《だざいふ》にある神社のお札を正面に置くんですけれど、この時は平気なんです。正面に座っても、別に違和感がない。でも、お札がなくて、植芝先生の写真の前に直接座らなければならない時は、ちょっと中心線をずらしてしまう。そうしないと、気持ちが片づかない。

成瀬 そういうものですよ。

内田 やっぱりそういうものなんですか（笑）。そういうものだ、でいいんですね。お札は抽象的な感じがするというか、記号的なものですから、それほどエネルギーがバリバリ来る感じはしないんです。異界に通じる「穴」が開いているみたいな感じで、積極的に出て来る感じはしないんです。でも、植芝先生の写真は「来る」んです。

成瀬 写真といえども存在ですからね。それはありますよね。

内田　それは先ほど成瀬先生がおっしゃったタージマハルの参道が少し中心からずれているのと同じなんですね。

成瀬　同じです。

内田　成瀬先生に訊いてよかった。自分の感覚では植芝先生の写真だけの時とお札がある時で、その前にいる時の気分が微妙に違うんですけれど、どうしてか理由がわからなかったんです。

成瀬　生徒の側も、植芝先生がいて、内田先生がいてということで、受け入れやすいわけです。それは両方そうです。

内田　大先生の写真の前の幅五〇センチくらいの空間は正面の壁から入り口まで、体操や呼吸法をしている時も、誰も立たないんです。何となくそこは禁域という感じになっている。別に、「そこに立つな」というような指示をしているわけじゃないんですよ。でも、いつの間にか、「そこはちょっと……」という感じになる。そういう感覚が身につくのが道場で稽古することの甲斐なんでしょうね。本人は体術の稽古をして、筋骨を鍛えているつもりかもしれないけれど、実際にはそのもっと手前にある、「いるべき場所」はどこか「いてはいけない場所」はどこかが直感的にわかる身体感覚なのかもしれない。

成瀬　それは先ほどの「意識の話」とつながりますね。つまり、植芝先生の大きなエネルギーがあって、それが例えば道場に降り注いでいるというのもありますが、みなさんの植芝先生への思いがあるじゃないですか。その意識が立ち位置を変えさせるんです。

幼少期まで誰でも持っている霊眼

内田　道場にちょっとおもしろい子どもがいるんです。僕は少年部は担当していなくて、書生に任せているんですけど、一年ぐらい前に用事があって道場におりていったら、小さな女の子が少年部の稽古が始まる前に来ていて、道場で植芝先生の正面に座って写真と向き合っているんです。書生に「あの子、何をやってるの？」と訊いたら、「よくみんなが来る前に来て、ひとりで座っています。大先生とお話ししているんじゃないですか」とさらっと言われました。

その女の子が、ひとりで道場にいると、植芝先生と対話できるような気持ちになれるのだとしたら、凱風館もけっこういい道場に仕上がってきたんだなと思いました。きっとお葬式に行ったら、祭壇の斜め上を見たりするようなタイプの子なんでしょうね。

成瀬　三歳以下の子はそういうのが明らかに見えます。一～二歳の子とか三歳ぐらいの子が空間に向かって何かしゃべっていたりするのは、見えているからです。

内田　赤ちゃんはよく見ていますよね。うちの娘も小さい頃に、ずっと部屋の隅を見ていることがありました。あれは何か見えているんですかね。

成瀬　三歳ぐらいで「霊眼」が閉じてくるんです。

内田　「霊眼」ですか！　「第三の目」ですか？

成瀬　生まれたての赤ちゃんは骨がまだくっついていないから、呼吸のたびに額のあたりがポコポコ動いているんです。それが三歳ぐらいまでに閉じてしまう。

内田　わ、「霊眼」で見ているんですか。

成瀬　そういう能力が二〜三歳ぐらいまではあります。

内田　誰にでもあるんですか？

成瀬　ありますね。

内田　それが成人した後も少し残っている人がいるんですね。

成瀬　いますね。第一章でもお話ししましたが、脳には松果体というのがあって、その松果体が壊れていない幼児の間には、大人には見えないものが見えたりします。ごくまれにそれが大人になっても見える人がいます。松果体は成長するに従って、壊れていきます。「脳砂」と呼ばれる石灰化物が増えてきて、それは、いわゆる超能力的なことと関係しているらしいのです。脳砂は磁気的なものだと思います。磁石や磁鉄みたいなものと関係しているんじゃないかな。

一日に一回でいいから、天地を逆にすること

内田　合気道の稽古をやっている時に、残り時間があと一五分というような終了間際にでも駆け込むように来る人がけっこういます。何でそんなに稽古したいのかなと考えた時に、「たった一五分でもいいからやりたいこと」というのはもしかしたら前受け身じゃないかなと思ったんです。

前受け身は頭が下になって足が上になり、両手両足が宙に浮くじゃないですか。考えてみたら、ふだん日常生活を送っている時に、両手両足が地面から離れて、頭が下で、足が上になることなんてないでしょう。ふつうに暮らしている限り、そんな体勢になることは一カ月に一遍もない。一年に一遍もないかもしれない。でも、道場だと前受け身を取りながら、一日に何十回も何百回もやる。

成瀬先生が「脳砂」の話をされましたけれど、僕は人間というのは「砂時計」のようなもの

で、時々天地をひっくり返して、脳砂が反対方向にシャーッと流れるとすごい気持ちがいい、というようなことがあるんじゃないですかね。僕も一日一回は天地が反転しないと、何か収まらないんです。

成瀬　関係ありそうですね。「ヨーガの王様」というポーズは逆立ちです。身体を逆さまにするということは、ふだんの生活の中でほぼしないことだから。

内田　意図的にしないとまずないですね。天地を逆にすると、本当に砂時計をひっくり返されたような気分になるんです。一回全部リセットされて、ゼロからやり直すような感じがする。それがすごく気分がいい。よく会社で休憩時間に手足を伸ばしたり、体操をしたりしてますけれど、一斉に逆立ちしたらいいんじゃないかな。イスラームの信者は一日何回か必ずメッカのほうを向いて深々と頭を下げますね。あれも、ある種の「砂時計」効果があるんじゃないですか。

成瀬　あれもいいですよ。

内田　「五体投地」もそうですね。あれも頭をかなり下げますね。

成瀬　腰の位置がちょっと高めで、頭が低くなります。

内田　「五体投地」も逆立ち的な効果があるんでしょうか。

成瀬　逆立ち効果はあると思います。

内田　神仏を前にすると必ず深々と頭を下げますけれど、あれも一種の天地逆転なのかもしれないですね。深々と頭を下げると、それまでと世界の見え方が変わっている。さっきまで怒っていたり、悲しんでいたりしたことがちょっと遠景に退いて、「あれ？　さっきまでどうしてあんなつまらないことでくよくよしていたんだろう……」というような気持ちの変化がありますからね。身体をシャッフルされたような感じがする。

成瀬　小菅《こすげ》正三さんの『次元と認識―いのちの本質をたずねて』（自費出版、一九七九年）という本を知っていますか。

内田　いえ、知りません。

成瀬　絶版になっていて、残念ながら入手が困難なのですが、僕が読んだ本の中で、本当に納得できた本です。

内田　『次元と認識』というのはどんな本ですか。

成瀬　小菅さんはサラリーマン生活を五〇年している間に、自然科学と宗教に興味を抱いて、四次元、五次元などのことを、ものの見事に解き明かしているんです。本の帯の表側には「前人未到の新しい次元的宇宙観を通して心と生命の不思議世界を拓《ひら》く」とあり、裏側には次のような紹介文が書いてあります。

　現在の科学が未だ到達し得ない数々の不思議が、この新しい物の見方によって容易に納得できるものとなるであろう。この書は、単なる科学の書でも、哲学の書でも、宗教の書でもない。それは、そのいずれにも矛盾しない統一的真理の把握であり、それを「次元と認識」の関係を追求することによって達成しようとする一つの試みである。

長年ヨーガを実践してきて、自分なりに解明できたことが、小菅さんの『次元と認識』にきれいに解説されてあったので、驚きました。それほどの内容なのにというか、だからこそかもしれませんが、ほとんど世間には知られていません。精神世界の人でも、知らない人のほうが多いと思います。

小菅さんの整理能力、ものごとの理解力は、瞑想の達人レベルです。小菅さんは、ヨーガを極めようとしている私には、心強い同士だと思います。

学者や宗教家は、自分の専門分野の知識が邪魔をして、一市民である小菅さんの視点を持つのは難しいと思います。

内田　それも一種の瞑想法なんですね。

成瀬　瞑想的な認識力が発揮されていますね。

第四章　死との向き合い方

輪廻《りんね》しないのが不死。二度と生まれ変わらない

成瀬　古代から国の王様はだいたい、不老不死を願います。一〇〇年も二〇〇年も自分が「ずっと王様でいたい」という不老不死を願うがゆえに、家来や家臣に「不老不死の妙薬を探してこい」と命じる。

内田　第一章で話した秦の始皇帝が徐福を派遣した話もそうですね。

成瀬　どこの国でもそれがパターンとしてあるんです。それを探しに行かせるわけです。これはヒンドゥー教系の考え方ですが、不老不死の甘露（蜜のような甘い飲み物）は、サンスクリット語では「アムリタ」といいます。「ムリタ」が「死」、「ア」は否定語なので「不死」ということになります。

よくヨーガで道場のことを「アシュラム」といいますが、あれは大きな間違いで本当は「アーシュラム」なんです。「ア」と「アー」はまったく違って、「アー」は肯定語です。「シュラム」は修行の場のことですが、「アーシュラム」は「修行の場で修行する」という意味です。だから「アシュラム」といってしまうと、「修行しない場」になってしまいます。そういう間

違いがけっこうあるんです。サンスクリット語は長母音と短母音があって、EとOは長母音です。なので、YOGAと書いてあると、Oは「オ」ではなく「オー」と伸ばす必要があるのです。だから「ヨガ」ではなく「ヨーガ」なのです。

「アムリタ」は不老不死の甘露です。「ムリタ」が「死」だから、死を否定しているということで「不死」。ヒンドゥー教の神話に「アムリタ」という不老不死の甘露が出て来ますが、ヒンドゥー教の考え方には輪廻観があるから、生まれては死ぬ、生まれては死ぬ。

「不老」は別として、本当の意味の「不死」は「自分が死なない」ということではなくて、「死んだ後に生まれてこない」。それが不死なんです。

内田　輪廻しないのが不死なんですか。

成瀬　そうです。ヒンドゥー教の考えには解脱願望があって、「生まれ変わりしたくない」というのがベースにあるわけです。生まれ変わらないということは、もう一回死なないで済むということです。先ほども申し上げた通り、私はヒンドゥー教徒ではありませんし、「自分教徒」ではありますが、このヒンドゥーの世界観は同じくしています。

内田　死は一回だけ。

成瀬　それが「本当の不死」なんです。今生で一〇〇年、二〇〇年生きたいというのではなくて、ヒンドゥー教では、今生は死ぬだろうけど、その後、ひどいところに生まれ変わって、その上また死ぬのは悲惨だ。だから、二度と死にたくない。それが解脱ということで、「解脱を得ることは不死を得た」ということになるのです。

内田 今生では死ぬわけですね。でも、それで終わる。でも、解脱した人は、その後どうなってしまうのですか？　輪廻転生のサイクルとは違うレベルに出ていっちゃうんですか？

成瀬 人間の私たちの思考レベルで、こういうふうに語られる領域を超えてしまうので、語れなくなるのです。

内田 当然そうでしょうね。でも、どこからそういうアイディアが出て来たんでしょうね。

成瀬 「死」とは人間卒業だから、卒業した後にもう一回勉強し直す必要はないわけです。

内田 また学校に入ることがない、と。なるほど。そういう教えにリアリティがあったということは、解脱することが身体的な実感として、共感されたということですよね。わずかでも、「解脱って、もしかして『こういう感じ』なのかな」という手がかりがなかったら、アイディア自体浮かんでこないですものね。

成瀬 インドの民衆だったり行者さんは、実感としてそれがあるわけです。

内田 何かしら「解脱感のようなもの」についてはリアルな経験があったんでしょうね。なかったら宗教として広がるはずがないですから。でも、「解脱感」というのは一体どんな感じなんでしょう。「人間卒業したかな」って、どういう感じなんだろう。

成瀬　結局、死に対してどのくらい執着、不安、恐怖が大きいか小さいか。解脱感というのは、そういう執着からどんどん離れていくということです。

今持っている「財産を手放したくない」ということは死にたくないということです。例えば、恋人がいるとか、会社の地位を手放したくない、家族からも離れたくないという思いがあると、「まだ死にたくない」となる。だけど、そういう執着からだんだん離れていくと、今この瞬間に人生が終わっても悔いが残らないし、未練はないのです。この瞬間に未練がないような生き方というのはベストな生き方だと思いますね。

内田　それ、いいですね。今この瞬間に人生が終わっても悔いが残らないように生きるというのは、僕にとっても理想です。

成瀬　そうです。だって、人間をもうやらなくていいということですから。

内田　輪廻転生というアイディアそのものは人間を指南するものとしてはすぐれていると思います。現世で悪行を働くと来世でひどい目に遭う、あるいは前世で功徳を積んだおかげで現世でいいことに恵まれるというふうに考える、とりあえず今この生きている間くらいは人として正しく生きようという動機づけになりますからね。

成瀬　あまり悪いことをしないためのブレーキがかけられますからね。

内田　「功徳を積んでおけば来世でいいことがあるし、悪いことをすると来世で罰が下ります」という発想はちょっとシンプルすぎるかもしれませんけれど、人間の攻撃性や利己心を制御するという実際的な効果を考えると卓越したアイディアですよね。

成瀬　それは本当にそう思います。

内田　「卒業する」のも「来世がある」というのも、どちらもよくできた宗教的なアイディアだと思いますね。だいたいよくできた思想体系は、「選ばれた少数向け」の部分と「一般大衆向け」の部分と二面があるんです。顕教と密教というか、「わかる人向け」の教理や行法と、「ふつうの人向け」の教えや戒律がある。ダブルスタンダードなんですけれど、もしかするとそれと同じでしょうか。

成瀬　おそらくそうでしょうね。

内田　全員に解脱をしろとは要求しない。

成瀬　ただ、僕らヨーガ行者は修行して解脱することをめざしていますが、一般民衆はそれがほとんど無理なのはわかるわけじゃないですか。

内田　世の中みんな行者になったら困っちゃうしね。

成瀬　そうなんです。解脱するのは無理なのはわかるので、「カーシャーム・マラナム・ムクティヒ」という言葉がヒンドゥー教にはあるのです。これは「ベナレス（ヴァラナシ）で死ねば解脱できる」ということです。インドには多くの聖地がありますが、その中でも最大の聖地がベナレスです。ガンジス河の中流域にあって、その河がベナレスでカーブしていて北方向に向かうんです。北に向けて河が流れている土地は、とても尊ばれるのです。聖なるガンジス河の中でも、もっとも神聖なベナレスが最大の聖地であり、そこで死ねば解脱できるという言葉は、インド民衆にとっては、最高の救いなのです。

内田　ハードルの低い解脱の方法なんですね。

成瀬　そうすると、本当に年老いて今にも死にそうな老人がいる場合、村人たちがお金を出し合って、その老人をベナレスに連れて行くわけです。ベナレスのガンジス河沿いにムクティバヴァンという「死を待つ館」というのがあって、そこにそういう老人たちがいて、自分が死ぬのを待っています。ここには老人たちの面倒を見る人とか食べさせてくれる人がいます。

そこで死んだら火葬してもらって遺灰をガンジス河に流してもらい、ついにあなたは解脱できましたというストーリーができているわけです。それがあるから頑張って生きられるという側面もあります。

彼らはヨーガの修行で解脱するなんて無理だから、「もし自分の死期が近づいたら、ベナレスへ絶対行こう」と思っているわけです。それがあるから、今がつらくても頑張って生きていられるというのがあるんです。おもしろいですよ。

僕も、この「死を待つ館」に行き、実際に死を待っている人をいっぱい目にしました。中にはずっと待っていてもなかなか死なない場合もあって、結局村へ帰ってしまう悲しい老人たちも見てきました。

内田　一般民衆向けと、少数の非常に厳しいレベルの高い修業をする人向けとふたつあって、どちらも救済される点では変わらないというのはユダヤ教もそうなんです。

ダブルスタンダードのユダヤ教　信仰の複数性

内田　ユダヤ教の場合は、特に正統派の場合は、食事の戒律や服装の戒律や祭祀《さいし》について儀礼が細かく決まっています。それをちゃんと守らないと救済されない。救済されるためには、これだけの戒律を守らなきゃいけない。でも、非ユダヤ教徒はそんなにたくさんの戒律を守らなくてもいいんです。七つの基本的な戒律、仏教でいう「不殺生戒」とか「不偸盗戒《ふちゅうとうかい》」というくらいの、人を殺さない、盗まない、嘘《うそ》をつかない、くらいの基本的な戒律を守れば、非ユダヤ教徒は救済される。

でも、ユダヤ教徒はその何十倍もの戒律を守らなければ救済されない。救済の基準が違うんです。ユダヤ教における「選民」思想というのは、そのことなんです。特権じゃないんです。ユダヤ教徒だけが神に救われるという話じゃなくて、ユダヤ教徒は救われるためのハードルが他の人たちよりも高いという点で「選民」なんです。

この「二本立て」というのは成熟した宗教体系ではどこでもあるものじゃないかと思うんです。でも、スタンダードが違うと、「一般向け」のカテゴリーで修業している人たちは「上級者向け」で修業している人たちを見ると、ちょっとむっとする。「お前たち、もしかしたら、自分たちのほうが霊的に上等な人間だと思っているんじゃないか」と頭にくる人がいる。反ユダヤ主義というのは、その「簡単に救済される」カテゴリーに括《くく》られた人たちのユダヤ教徒に対する憎しみが一因なんです。

成瀬　すごい健全な宗教ですね。

内田　日本でも、親鸞《しんらん》や日蓮《にちれん》の時から、そういう意味での宗教的な成熟が始まるんじゃないでしょうか。別に心から信仰がなくても、形だけでも「南無阿弥陀仏《なむあみだぶつ》」とか「南無妙法蓮華経」と唱えていれば往生できるという教えが出て来るのは、その頃からですよね。これはいわば霊的な成熟過程には「難度の高いコース」と「ふつうの人用コース」ふたつのコースがあるけれど、どちらのコースを取っても、たどり着くところは同じですということですよね。その着想が卓越していたと思うんです。難しい行をしたり、深い知識を持っている人間だけが救済されるわけではなくて、ふつうの日常生活を淡々と送っているけれど、素朴な揺るぎのない信仰を持っている市井の人は名僧知識と同格であるか、それ以上に霊的に上等だという考え方が出て来るのは鎌倉仏教からですけれど、そういう「二コース制」が生まれてきた時に宗教は成熟段階に入るんじゃないでしょうか。そういう重層性を持っている宗教が成瀬さんのおっしゃる「健全な宗教」なんでしょうか。

成瀬　ある意味、安全で健全ですね。

内田　階層性がないのがいいですね。階層性がないのが、成熟した宗教の特徴じゃないかと思います。未成熟な宗教の場合は、単純なヒエラルヒーがあって、霊的な修業の浅い人間が最下位に格付けされ、霊的に徳を積んだ人間が上位に格付けされて、その間に歴然とした格差があるという話になっている。体育会みたいですね。上の人間が下の人間を顎で使って、無理難題を命じることができる。下の人間が貢いだものを位階が上の人間が浪費する。そういうのは宗教として未熟ということだと思うんです。

成瀬　でも、安全で健全だから、ユダヤ教徒はヒトラーに虐げられたりするんですよね。たぶんグッと抑えやすい。

内田　ユダヤ教が迫害された理由は複雑すぎて、とても一言では言えませんけれど、キリスト教が出て来る時に、とにかくユダヤ教のことを激しく罵るわけですね。新約聖書にはたしかにユダヤ教の悪口がこれでもかというほど書いてある。

でも、それって、よく考えると変な話なんです。だって、イエスはユダヤ人として生まれてきて、ユダヤ教文化の中にいて、自分自身もユダヤ教徒だと思っていて、みんなから「ラビ」と呼ばれていて、説教もシナゴーグでやっていたんですから。イエス自身は自分のことをユダヤ教内の改革派であって、当時のメインストリームであるサドカイ派やパリサイ派の人たちと論争していて、一神教信仰そのものを否定していたわけじゃない。イエス自身はユダヤ教内の教派論争をしているつもりだったけれど、後世の人たちはそれを宗教間の対立に書き換えてしまった。ユダヤ教はイエス派を過激な一派として包含し得る宗教なんですけれど、キリスト教はユダヤ教から離脱することを選んだ。

ユダヤ教というのは議論するのが大好きな宗教なんです。成瀬先生もおっしゃったように健全な宗教なのです。だから教義の統一をしない。卓越した律法学者が出て来て「この聖句はこう解釈する」と言うと、同時代の同じくらいの格の学者が「それは違うと思う」と異論を立てる。それぞれが聖句や口伝の解釈を援用して、口角泡を飛ばして延々と激論する。でも、結論は出さない。ラビたちの議論だけが記録されて、蓄積されてゆく。それが「タルムード」という教典として成文化される。ですから、ユダヤ教にはキリスト教における「公会議」に当たるものがないんです。「異端」という概念もない。

キリスト教はそれに対して、これまで異論百出してまとまらなかった解釈をとりまとめて、「最終的かつ不可逆的な一義的な解」に決着させたいという人間の抑え難い欲求に応えて登場した宗教だと思います。聖句の解釈を決定して、それに逆らう人は「異端」として排除する。

宗教史を見ればわかる通り、解釈は多義的でいいじゃないかというユダヤ教は少数派で、二〇〇〇年にわたって迫害され続け、解釈は一意的であるべきだという人たちが圧倒的な多数を占めるに至った。成瀬先生の言い方を借りれば、たとえ安全で健全でも「複雑な宗教」より、多少危険でも「シンプルな宗教」のほうを人間は好む。そういうことですよね。

成瀬　ここが頂点だよというピラミッド構造のほうがわかりやすい。

内田　ヒエラルヒーがあって、上と下があって。正系と異端があって。決められた通りに努力してゆくと、一段一段霊的な位階が上がっていって、上に行くと威信も権力も豊かになるというシンプルでわかりやすい宗教のほうがやっぱり受けがいいんですよね。ベナレスで死んでも、死ぬほどの修業をしても、行きつく先は一緒、というほうが僕は宗教としては成熟しているし、健全だなという気がしますけどね。

成瀬　そうじゃない方向だと、やっぱり腐敗構造が起きます。

内田　それは現実と同じですものね。宗教まで現実社会に似せてもしようがないですよね。

死をどう迎えるか

内田　成瀬先生のように「自分教」でいけるというのは、生命力が相当ないと難しいです。

成瀬　でも、人間は本来そうじゃないですか？　動物すべてそうだろうけど、最終的に頼れるのは自分じゃないですか。

内田　だけど、人間は他の霊長類に比べると、共感力がすごく高いと思うんです。周りにいる人間たちと共感していって、横にいる人間が自分のように思えてくる。自他の境界線があいまいで、自他の区別ができなくなってしまう。複数の人間が集まって、ひとつ共身体のようなまとまりを作る能力がホモサピエンスが地上で繁栄できた最大の理由じゃないかと思うんです。だから、牙も爪も強くないし、空も飛べないし、水中でも生きられない種が地上を支配できた。幼児や老人や病人や怪我人がいても、特段の努力なしに、その人たちの弱さに共感できる能力が実は人類を強めていると思うんです。「惻隠《そくいん》の情」ですね。それが自然に発動するからこそ相互扶助的な共同体を作って、互いを守りながら暮らしてゆくことができる。それが人間の持っている最大の能力じゃないかと思うんです。

成瀬　でも、最終的に死ぬ時に「じゃ、一緒に死んでくれる？」といったら、そうはいかないじゃないですか。

内田　別に一緒に死ななくてもいいんじゃないですか。僕は自分の道場で門人を教えて、学問上の教え子のようなものもいるんですけれど、そういう人たちは、僕が死んだ後でも、「先生だったら、こういう場合にはどうしただろう？」「先生がいたら、こういう時には何て言うだろう？」ということを何か重大なことがあった時には考えると思うんです。「これとよく似たケースがあったけれど、その時先生はこう言ったよ」ということを覚えている人がいると、それを参考にして判断を下すようなこともあると思うんです。

僕の言動が過去の範例として記憶されていて、それを基準にして生き残った人たちが判断したり、行動したりすることがあったとすれば、それは僕が生きているのとあまり変わらない。生物学的にはもう存在しないんだけれども、「あの人が今いたら」という形で想像的に参照されながら、生きている人たちの間にしばらくは「居場所」が残されている。もちろん、何年か経って、僕のことを覚えている人がいなくなるにつれて、「死者のプレゼンス」もしだいにフェードアウトしてゆくわけですけれど、それまでけっこう時間がかかる。だから、生物学的に死んでも、生きている間に僕がしたことの「余波」のようなものはしばらく残存して、例えば凱風館に入門して合気道を習うことになった若い人で、生前の僕に会ったことのない人でも、僕が伝えた「家風」とか「道統」のようなものの影響を受けて成長してゆく。だから、別に「一緒に死ななくても」いいんじゃないかと思うんです。

自分自身も師から受けた学恩があり、道統があります。僕の哲学上の師であるエマニュエル・レヴィナス先生は一九九五年に亡くなりましたから、もう二〇年以上経ちますけれど、それでも、何かあると「レヴィナス先生だったら、この出来事を見て、どういうふうに言われるだろうか」ということは考えます。フランスのテロ事件とか、移民問題とか、極右の進出とか、そういうニュースを見るたびに、「レヴィナス先生がご存命だったら、どうおっしゃるだろうか」ということを考える。それが僕自身の判断基準になる。ですから、レヴィナス先生が亡くなっても、その影響力というのはそれほど変わらない。むしろ死んだ後のほうが規範力は強くなったりすることもあるわけで。だから、人間はなかなか死なないんじゃないかと思っています。死んでいるけれど、死ぬという仕方で生きている。「存在するのとは別の形」で生きている者に影響を及ぼしている。

成瀬　釈迦もキリストもそうなんですね。

内田　訊いたわけじゃないからわかりませんけれど、たぶん動物には宗教というものはないと思うんです。人間だけが宗教を持っている。それは「死ぬ」ということの意味を深く考えて、自分が個体として生物学的な意味で死んだら、それで全部終わるのではなく、死んでもその後にいろいろあるということを考えることができる生き物だということだと思うんです。輪廻転生にしてもそうだし、解脱というアイディアもそうだし、レヴィナス先生の言う「存在するとは別の仕方で」というのも、そうだと思うんです。死んでも、生きている人たちに進むべき道を指示したり、なすべきことを教えたりできるとしたら、死んでも人間は生きていると言えると思うんです。

成瀬　そういうためには、それまでその人がどういう人生経験をしているかによると思います。

死んだ後もそれだけ人に影響を与えるような経験を今まで積んでいるか、もしくは何もないかで全然違うわけです。だから、どういう生き方をするかですね。それは、死をどう迎えるかでもあるんです。

例えば、内田さんから僕が聞き出したいことは、「これからどういう人生を歩んで、死をどうやって迎えたいと思っていますか」ということだけなんです。本当はそれが一番興味があるんです。だって、人間は結局それなんだもの。

内田　僕ももうすぐ七〇歳ですから、そろそろ「死に支度」を始めないといけないですね。

先日、東京の私立の中高の英語の先生たちの集まりに呼ばれて講演したんです。そこでの僕の役割は、そこに集まってきている若い先生たちが立場上言えないことを彼らに代わって言ってあげることなんです。「文科省の進める英語教育政策はまったく間違っている」ということを歯に衣着せず言うこと、講演会なら、それが僕の仕事なんです。講師に呼ぶ側もそれを期待して呼んでいるわけです。僕はもう天下無用の隠居老人ですから、世俗の権力に嚙《か》みついても、別にペナルティを恐れる必要がない。それが老人の特権だと思うんです。昔からそうだったわけで。現役を離れた老人は、裃《かみしも》脱いで、世俗のしがらみを離れているんだから、現役の人たちに代わって、彼らが口にするといろいろ差し障りがありそうなことを言うのが仕事だと思うんです。

成瀬　水戸黄門のように。

内田　そうそう。水戸黄門とか、大久保彦左衛門（「天下のご意見番」として徳川家康、秀忠、家光に仕えた旗本）とか。昔、テレビで小汀利得《おばまとしえ》さん（経済評論家、ジャーナリスト）と細川隆元《りゅうげん》さん（政治評論家、元衆議院議員）が「時事放談」というのをやっていましたけれど、現世のしがらみから解き放たれた老人が「小言幸兵衛」になれる。今の僕の社会的役割は、そういうものじゃないかなと思うんです。遠慮なんかしない。だって、もうすぐ死んじゃうんだから。

麻生太郎を見ていると何だかああいう威張り方は間違っていると思いますね。めちゃくちゃ態度が悪いけれど、あれは権力の裏づけがあって威張っているわけでしょう。記者が歯向かってきたら、「お前、どこの社のものだ」って恫喝《どうかつ》する。上から手を回して、左遷させることくらいオレには簡単にできるんだぞって脅しているわけですよ。権力をちらつかせて「ふつうの人なら言えないこと」を公言している。麻生太郎がとっくに政界を引退した天下無用のただの老人で、それが「お前、どこの新聞だ」と怒鳴りつけているなら、なかなか痛快な風景だと思いますけれど、現に権力を持った人間がその上で「ふつうの人間が言うといろいろ差し障りがありそうなこと」を放言しているのは醜悪ですよ。

威張ったっていいんですよ。でも、老人は威張りたかったら権力を手放せ、ということです。今の日本の男性の高齢者たちはどうやって「手離すか」ということを真剣に考えてないですね。老人はどうやって若い人たちに権限を委譲し、道を譲るか、それを考えるべきだと思う。いつまでも権力に恋々として、「エバーグリーン」とか言っているのは見苦しいです。それより自分の死に方をもっと真剣に考えろよと言いたいですね。

定年後の生き方と死に支度について

内田　潮出版社が出している月刊誌『潮』でけっこう長いこと仕事をしてきたんですけれど、そこの編集長が今度、定年退職することになった。それと関係あるのかどうか知らないけれど、『潮』が「定年退職」特集を組んで、それに僕も寄稿したんです。編集長は洒脱《しゃだつ》で愉快な方なんですけれど、話してみたら、定年退職した後どうやって暮らしていこうかということについて、けっこう真剣に悩んでいた。六五歳で定年ですから、まだまだ元気なわけですよ。「あれやって、これやって……」と指折り数えて、時間をどうやって埋めるか考えている。現役の時の仕事で感じていた「やりがい」をどうやって定年後も維持するのかを考えていた。だから、その定年退職特集もテーマは「どうやって生きがいを持ち続けるか」という話だった。

　でも、別に生きがいなんかなくても、隠居でいいんじゃないですか。さくっと現役から足を洗って、どこにも属さぬ天下無頼の老人となって、責任や立場のある現役の人にはできないことを代わってやって、代わって火の粉をかぶる。それも大事な仕事だと思うんですよね。

成瀬　定年後というのも変な話でね。定年後どうやって生きていったらいいかということは、定年前はどうやって生きていたのか（笑）。

内田　本当に（笑）。

成瀬　だって、定年後であれ、前であれ、自分を持った生き方を何でできないんだろうなと思うんです。単に会社の道具で、こうやって働いていましたという人には、「あなたは何をしたいの？」と思います。

　結局、個としての自分がちゃんと確立できていないんです。会社で部長の時は、取引先とかにへいこらへいこらして、部下には偉そうな顔をして、定年になった途端にその人たちはみんな、そっぽ向いちゃうじゃないですか。でも、自分はまだ偉いと思っているわけです。そうじゃないよね。自分が偉いとか偉くないとかは関係ありません。「自分がどうやって生きていきたいか」というのをちゃんと持っていない。だから、定年後に困るわけでしょう。

内田　特に男の人たちは本当に困るみたいです。

成瀬　僕はその逆で「自分はどうやって生きたいのか」しかありません。会社の役職もないし、自分が生きているだけだから、この本も内田さんとの対談だけど、いろいろな人と対談します。その相手に「あなたはどうなの？」と訊きたいわけです。「どうやって生きてきたの？」「どうやって生きていきたいの？」「どうやって死にたいの？」「個としてどうなの？」ということに僕は興味があります。

でもそんなことを投げかけても、わりとあやふやな人が多いんですよね。死のことなんて考えていない人がけっこういます。死を考えていなくても、今を一生懸命生きていればいいんだけれども、そうじゃないと、「定年後どうするの？　困ったな」となってしまう。何でこの一瞬を一生懸命生きようと考えないんだろうと不思議に思います。

内田　自分が死ぬことについては、誰も真剣には考えていないと思いますよ。死について言えるのは「いつかは必ず死ぬ」ということと、「いつ死ぬかはわからない」ということだけですから。だから、それについて考えても仕方がない。考えないようにする。現に周りで人がばたばた死ぬわけですから、「人間は死ぬ」という一般的な真理は承知しているけれど、「自分が死ぬ」というのがどういうことかはわからない。だから、「死んだら後は野となれ山となれ」というふうに虚無的になるだけで、「死に支度」をきちんとしようと思う人は少ないですね。「定年後は四国八十八カ所お遍路さんに行きます」とか急に抹香臭くなる人がいますよね。いいことだと思うんですけれど、隠居というのは、そうやっていきなり非社会的になることではなくて、「非社会的な人間がいることの社会的意味」について考えるということだと思うんです。隠居して、世の中の利害得失と無縁になった人間だけが果たせる社会的役割はどういうものか、そういうことを考えてもいいじゃないですか。

成瀬　死に触れたくない、死を考えたくない、自分の死なんて目をそむけたいというのは全部、結局「死んだらどうなるんだろう」という不安があるからでしょう。人は不安なことからなるべく目をそむけたいものです。

例えば今ここでいきなりパッと停電した場合、急に不安になりますよね。どうしてかというと、暗くて前が見えないからです。死後のことも同じで、死んだ後はここに行きますよ、こうなりますよとわかっていたら、安心できて恐怖も不安もなくて済みます。ヨーガ行者は、死んだ後のことが自分の中にしっかりあるのでまったく不安がないんです。

内田　成瀬先生は、死んだ後のイメージはどれぐらいあるのですか。

成瀬　基本は解脱しようと思っています。「解脱」という表現をしたけれど、人間卒業という言葉に置き換えてもいいです。つまり、人間としての勉強を終えたいということです。そうすると、もう二度と人間として生まれてこなくて済みます。だから、死んだ後のイメージというのは皆無です。宇宙を形成しているチリの一粒になるぐらいでしょうね。それが最高だと思えるようになるには現世に対する執着から離れることです。生きている間に、やるべきことをやりたいことをすべて終えて、未練がなくなれば、今この瞬間に死んでも悔いはないのです。だから死後のイメージを考える必要もないということです。

肉体がなくなるとどうなってしまうのか

内田　仏教だと、死んだ後は四十九日間は「中有《ちゆうう》」の世界にいて、それから満中陰で四十九日が終わって、彼岸に去るという死生観がありますけれど、この四十九日という数字がかなり具体的なのが僕はおもしろいんですよ。どうして、四十九日間なのか。これはそれなりに経験的な裏づけがあって出て来た数字だと思うんですよね。たぶん、仏教以外の宗教でも、死者が「死に切る」までにはそれなりの時間が経過しなければならないという考え方はあると思うんです。身近な人を死者として送った経験からも、そんな感じがするんです。

成瀬　意識が残るんです。
内田　死んでいるけれども、意識だけは残っているんですか。
成瀬　怪我や事故で手足を失っても痛みを感じるファントムペイン（幻肢痛）もそうです。指がポンとなくなってもあるように感じるのです。
　木の葉の切断されてなくなった部分が、完全な葉の像として写真撮影される現象が、ファントムリーフ（幻葉）と呼ばれています。
内田　へえ……。
成瀬　片手がなくなった人でも、あるように感じてしまう。そうすると、ポンと何か当たった時に「痛い」となる。
内田　幻影肢で一番つらいのは、本当に痛むことらしいですね。存在しない部位が痛むので、治しようがない。
成瀬　だから「ファントム（幻影・まぼろし）ペイン」というんですね。
内田　神経科学者で有名なラマチャンドランとサンドラ・ブレイクスリーの『脳のなかの幽霊』（山下篤子訳、角川文庫、二〇一一年）という本の中に幻影肢の痛みを治す話が出て来ます。腕が一本ない人がいる。そのない腕が痛む。たぶん、腕がないせいで身体全体に微妙な歪《ゆが》みが出て、その不具合を「存在しない腕が痛む」という「痛みの物語」に編成したせいで出る症状じゃないかと思うんですけれど、現に激しく痛んで、夜も寝られない。でも、これが治せる。すごくシンプルな仕掛けで、内側に鏡を貼ったボックスの中に片腕を突っ込む。そうすると鏡の効果で、両腕がボックスの中にあるように見える。そして、たちまち「存在しない腕」の痛みが消えるんだそうです。両腕が揃っていると思うと、それだけで身体のバランスが整うらしい。

死んだ後のしばらくも、何だかそういう幻影肢のようなものが残るんじゃないでしょうか。死んでしまってもういないんだけれど、残された者たちには、その人がいなくなったことがまだ受け入れられない。だから、死者の不在が幻影的に「痛む」。死者のほうはいわばその存在根拠のない「幻影肢の痛み」として空中に漂っているわけですね。

成瀬　四十九日はそういうところから来ているんだと思います。肉体がなくなって意識だけ残っているから、悲しい、寂しい、情けないわけです。

内田　なるほど……。

成瀬　モノを取ろうとしても、ヒュッと取れないわけでしょう。

内田　ふつうに空間の中にいるわけなんですか。

成瀬　通常、そうですね。

内田　意識が生活空間にまだ残っている。

成瀬　お葬式に行くと、祭壇の斜め上の角に多くいます。

内田　(笑)。おお、そうですか。自分の葬式を見ているんですね。

成瀬　はい。それで「何でそっち(祭壇)を見ているんだ。何でオレのほうを見てくれないんだ」と思っています。だから、僕は葬式に行って祭壇の斜め上の角をちょっと見ると、「わかってくれている人がいるんだ」と亡くなった方の意識がフワーッと喜んでくれます。目を合わせるというのは変だけど、そこに目をやると、すごく喜んでいるのがわかります(笑)。

内田　死んでも承認願望は残るわけですか。それもちょっと執着が残って、つらそうですけれど。で、それからどうなるんです？

成瀬　死んですぐの意識はそうなるだろうなと思っています。それが徐々に薄れていって、最終的には、僕の場合はなるべくなくなりたいんです。なくなって何になるのかというと、宇宙全体の中の構成要素のひとつに帰する、宇宙に帰る。

内田　意識も宇宙に還《かえ》るわけですね。身体もそうですよね。土に還れば、土に溶け込んで、金属イオンになって他のものに転生する。意識もきっとそうなんでしょうね。ばらばらの粒子に解体して、宇宙の一部になってゆく。清々《すがすが》しいイメージですね。それが「解脱」するということ、という理解でいいんでしょうか?

成瀬　僕の場合は、最終的にはなくなりたいんです。解脱というのは、基本的にヒンドゥー教の考え方に照らし合わせると、「二度と生まれ変わってこない」というだけの単純な話です。生まれ変わってこないということは「人間を卒業する」ことだから、イコール「人間でいる間に卒業するための単位を全部取ってしまいたい」という発想です。やれることは何でもやって、いろんな経験をいっぱい積んでおけば、「一単位取れたから、もう一回経験しなくてもいいよ」という判子をもらえるわけです。

内田　へえ、そうなんですか。輪廻転生の時に、前世でやったことについては、次の学期では「あなたは前学期に単位を履修しているから履修免除ですよ」と。

成瀬　「あなたは、まだ経験していないから、それをやらなきゃダメ」とか。

内田　履修した教科は、来世ではやらなくていいんですね。

成瀬　そうそう。だから、男性から女性に生まれ変わったりするんです。「あなたは、まだ女性を経験していないでしょう。だから、来世では女性になりなさい」とか、「あなたはまだ犯罪者をやってないでしょう。じゃ、来世は犯罪者をやりましょう」と。

内田　それはあまりやりたくないな……。

成瀬　トータルで考えたら、本当にそうであれば、犯罪者は地球上にいないはずですけど、いるじゃないですか。ということは、その役割を今生で勉強する人がいるわけです。今生で勉強している犯罪者は、前世ではすごい善人だったかもしれませんよ。

内田　前世ですごい功徳を積んだのに、犯罪者に生まれ変わるというのは何だか割り切れないものがありますね。

成瀬　現世の前で犯罪者をやったり、いろんな体験を積んでいたとしたら解脱できるよということです。

内田　なるほど。

成瀬　そう考えると、この現世でやりたいことをいろいろやったほうがいいんです。

内田　たくさん単位を取っておきなさいと。

成瀬　そういうことです。だから、この瞬間、一生懸命生きようと思わない人は、僕はわからないんですよね。

内田　今度、お葬式の時に斜め上をちょっと見ておきます。でも、意識と身体が分裂しちゃって上から見下ろしているというのは、どうなんでしょう。けっこう無力感を感じるものなんですか。

成瀬　通常の人はね。僕が死んだらそれはないと思う。何といっても「死の瞬間」を楽しみにしているから（笑）。

内田　僕も死ぬのはけっこう楽しみなんです。だって、その瞬間に「おお、死ぬとはこういうことだったのか！」とわかるわけじゃないですか（笑）。

成瀬　一回しか経験できないから絶対にしっかり見ようと思うわけです。それを考えるとワクワクしちゃいます。

内田　僕も楽しみだなあ。死んだ後に戻って来て、「死ぬというのはこういうことだったよ」ということは誰も言ってくれないわけですから、やっぱり自分が経験して知るしかない。

成瀬　本当にワンチャンスですからね。これはもうワクワクしますよ。

内田　死ぬとはこういうことなんだと、見てきたようなことを書く人がいますけれど、その真偽が検証できるわけですからね。「おお、やっぱりあれは本当だったんだ」というのと、「何だよ嘘つきやがって」というのと両方あるわけで。

成瀬　「全然違うじゃない」とか（笑）。

第五章　エネルギーが枯渇する生き方、生命力を上げる生き方

内田　僕が本を書く時に引っ張ってくるネタはほとんど古い記憶からなんです。それもずっと忘れていたこと。ふだん暮らしていると、いろんなことを見聞きするわけじゃないですか。町なかを歩いているだけでも、耳に入ってくるおしゃべりがあるし、目に入ってくるものもある。そのまま記憶にとどめる気もなく通り過ぎたことが、何十年もしてから、何かを書いている時に、「何かいい例えがないかな……」という時にふっと記憶のアーカイブの奥底から出て来たりする。

逆に、印象深い事件として記憶していて、いろいろな場合に引いてきた事例の意味が、ある時に何かのきっかけで「あ、解釈が全然違っていた」と気づくことがある。人間の記憶って、変なんですよ。記憶された出来事とそれに与えた意味がセットになって記憶されているわけじゃない。意味がわからないまま出来事が記憶されることがあり、記憶されていた出来事の意味が後から書き換えられることがある。とにかく、人間は実にいろいろなことを記憶しているものだなと思います。

でも、自分がこれだけ大量に記憶しているということを知ったのは、本を書くようになってからです。アウトプットしなければいけないという外からの要請があるせいで、記憶のアーカイブの走査能力が活性化する。記憶の倉庫の遥《はる》か奥の、一度も開けたことのない引き出しの中から、とんでもない記憶がぽろりと出て来て、それが今書いていることの「足りないピース」として、ぴたりと空隙に収まる。そういうことが多々あるんです。

だから、よく人から「あれだけのペースで本を書く以上、よほどたくさん本を読んでいるんでしょうね」と言われるんですけれど、ろくに読んでないんです。たしかに仕事でどうしても読まなければいけない本と、自分の楽しみのために読む本は最低限読んでいますけれど、それだって学生院生時代のペースに比べたら五分の一くらいです。だから、本を読んで「新ネタ」を仕込むということはほとんどできないんです。時々、月に一五〇冊読むとか、速読術とか自慢する人がいますけれど、僕が使う材料は、さっきも言ったように「記憶のアーカイブ」の奥のほうの、埃《ほこり》まみれの引き出しから出て来るものなんです。小学生の頃に見たテレビドラマの一場面とか、歯医者の待合室で読んだ絵本の一頁とか、そういうどうでもいいようなことが今自分が論じていることの「ぴたりとはまるピース」として思い出されることがある。成瀬先生は「自分の身体で遊んでおもしろい」とおっしゃいましたけれど、僕はものを書く時に「自分の記憶と遊んでいる」という感じですね。

最近、そういう「そういえば……」という記憶のよみがえりでおもしろかったのは、日の丸の話です。戦中派のことについて書いている時に、ふと僕の父親がお正月に日の丸を出すのを止めた時のことを思い出した。

僕が子どもの頃って、成瀬先生の周りもそうだったと思いますけれど、どこの家もみんなお正月になると玄関先に日の丸を出していましたでしょ。

年末になると、押し入れから日の丸を出してきて、黄色と黒に塗り分けられた竿《さお》の上に金のガラス玉を差し込んで、そこに黄変した日の丸を結びつけて出していた。子どもですから、そういう儀式ばったことがおもしろくて、お正月が近づくと、日の丸を出す支度を父親がするのを手伝わせてもらっていたんです。

でも、ある年、また暮れになったので、父親に「お父さん、また日の丸出そうよ」と言ったら、父親が「もういいだろう」と言ったことがあった。子ども心にこれがけっこうショックでした。せっかく楽しみにしていた儀式なのに、何で止めちゃうのかなと。クリスマスツリーを飾るのを「もういいだろう」と言われたら、子どもたちはびっくりするでしょう。それと同じような感じでした。

そのことをすっかり忘れていたんですけれど、今から思うと、それは僕が小学校の二年か三年の頃だったので、たぶん一九五七、八年のことだと思います。その頃、周りの家も日の丸を出すのを止め始めた。だんだん櫛《くし》の歯が欠けるようにお正月の街から日の丸が消えていった。別に「もう日の丸出すのを止めましょう」とか「軍国主義の象徴ですから」というような申し合わせがあったわけじゃありません。本当に国旗掲揚の習慣が自然消滅した。その時の「もういいだろう」という父の言葉の意味がこの間ふっとわかりました。あれは「大日本帝国の十三回忌」だったんだって。

だいたい親の法事も十三回忌まででしょう。親戚一同が集まって、最後の精進落としの席で、一族の長老みたいな人が「こうやって何とか十三回忌まで集まってもらったけれど、わしらももう年を取って、次の回忌まで生きてられるかどうかわからん。その後のことは若い人たちが相談して決めてくれればいい。とりあえず、こうやって一族が集まるのは今年で最後にしよう」みたいなことを言う。これがだいたい十三回忌なんですね。

成瀬　一二年ですね。キーになる数字が一二ですからね。

内田　戦争が終わって一二、三年経って、大日本帝国臣民として前半生を過ごしてきた大人たちが「もう大日本帝国を弔うのはこれくらいでいいだろう。次の段階に進もう」と思った。ひとつの国が死んで、新しい国が生まれた。ふつうは一九四五年八月一五日に大日本帝国は終わったと言われますけれど、四十九日と同じで、実際には戦後一二年間くらいは「中有」で、大日本帝国の「霊」は国民の感情生活の中ではまだそれなりにリアリティを持って存在していた。そして、ことあるごとに「帝国があったあの頃は……」というふうに回想されていた。経済成長が始まる頃にようやくその姿が見えなくなった。それが「もういいだろう」という言葉の意味じゃないかなって、六〇年経って気がついた。

成瀬 たしかに区切りだよね。

内田 戦中派は戦争経験をどんなふうに総括したんだろうということをずっと考えているうちに、六〇年前の記憶がよみがえってきたんです。こういうのって、どんな歴史書にも史料にも書かれていないことですから、本読んで仕込める知識じゃないんです。でも、子どもでもその時代を生きて、その時代の空気を吸っている以上、何かを記憶している。それがアーカイブの奥にしまい込んであるんだけれど、アウトプットの必要があると読み出されてくる。

成瀬 おもしろいですね、それ。記憶力がいいのは、記憶の容量が大きいからでしょう。ギガ数がテラぐらいある。僕みたいにメガじゃないから(笑)。

内田 記憶の量ではないと思うんです。アウトプットすることが多いので、データを全部使わないと追いつかない。本を書いている時は、そういう記憶の断片が溜まって、「ぬか床」みたいな感じでどろどろして熱を持ってきていて、何かのきっかけでそこから泡のようなものが出て来て、その泡をつかまえてひとつの話を書く。

子どもの時に観た映画でも、それは僕らよりも遥か年長の映画人たちが、深い思いを込めて作った作品なわけですから、その映画を観た映像記憶みたいなものは残っている。

最近、リンカーンのことをちょっと調べていたことがあって、その時にホームステッド法（一八六二年制定）という法律がアメリカにあったことを知りました。わずかな登録料を払うと、自分の耕作した土地が無償で払い下げられた。この法律があったおかげで、ヨーロッパから自作農になるチャンスを求めて大量の移民が到来して、西部開拓が一気に進むことになった。

そのことを調べているうちに「あ、『シェーン』（一九五三年）というのは、この話だったのか」ということに思い至ったんです。シェーンという流れ者のガンマンがやって来て、移民の農夫の家で一夜の宿を借りているうちに、そのまま居ついてしまって、農業の手伝いをすることになる。そこに近くの牧場のカウボーイたちがやって来て、畑を踏みにじって、こんなところに畑なんか作るんじゃない、出て行けと脅かすんです。何でこんな無法なことをするんだろう、悪いヤツらだなと、映画を観ている時には思っていたんですけれど、この移民の一家はホームステッド法を利用して耕地を手に入れたんですね。そして、それまで誰も所有していなかった無主の地に「ここからここまではオレの土地だ」と所有権を主張した。だから、その家で暮らすことになったシェーンが最初に言いつけられる仕事は町へ行って雑貨屋さんで有刺鉄線を買うことだったんです。それを思い出した。

シェーンの農夫としての最初の仕事は、広々とした草原の真ん中に杭《くい》を打って、針のついた鉄の網を張って、「ここはオレの土地だから入ってくるな」と言い立てることだった。映画ではライカー一家という悪徳牧場主が農夫たちに繰り返し立ち退けという嫌がらせをするんですけれど、これはライカーたちの立場から見ると、当然と言えば当然の反応なんです。自分たちが初めてこの荒野に住み着いて、インディアンと戦って、牛を育てて、何とか人が住める場所にした。そこでのびのびと放牧していたら、後からやって来た農夫たちが鉄条網を張り巡らせて、それまで放牧していた土地から出て行けと言い出した。カウボーイたちからしたら、既得権が侵害されたわけです。だから、農夫に対して激しい憎しみを抱くようになる。

西部劇映画にカウボーイと農夫の対立を描いたものが多いのは、ホームステッド法のせいだったのか、ということがわかりました。アメリカ史の本を読んでいるうちに、子どもの頃観た映画の意味がわかった。

子どもの頃に「シェーン」を観て、どこか気持ちが片づかない思いがしていたんです。「何か変だな。何でこんなにいがみ合わなきゃいけないんだろう」と思っていたし、僕自身、子どもたちの遊び場だった原っぱに地主が鉄条網を張り巡らせて、子どもたちを追い出すというふるまいの犠牲者側にいたわけですから、「どうして主人公の『いい人』が広々とした草原に鉄条網を張り巡らせるというような感じの悪い仕事をするのか」納得できなかった。ふつうなら、忘れてしまうんでしょうけれど、僕はこういう点がしつこいんです。気持ちが片づかないことはいつまでも覚えている。喉に魚の小骨が刺さっているようなもので、ずっと気になっていて、いつか腑に落ちる説明に出会いたいと思っていた。だから、何かの加減で本を読んで、それまで知らなかったものごとの文脈を知ると、子どもの頃から抱え込んでいた積年の疑問が氷解するということが起きるんです。

子どもの頃からずっと溜め込んできた「疑問」の答えがわかる。年を取ると、そういうことがだんだん増えてくるんです。「神経衰弱」のカードが合うみたいに。カードが次々めくれてくると、「あれって、これだったのか!」とわかるスピードがだんだん速くなってくる。年を取るというのはそういうことなんじゃないでしょうか。子どもの頃に見聞きしたことの意味が半世紀経ってわかる。

成瀬　子どもの時に見たり感じたり、いっぱい吸収しているんですね。

僕はほとんど忘れています（笑）。

内田　小学校六年から前のことは何も覚えていないという人がいますけど、そんなことないと思いますよ。記憶の中のどこかの引き出しに入っているはずなんです。その引き出しを開けるチャンスが訪れていないだけなんだと思います。

「心の中には地下一階と地下二階がある」ということを村上春樹が言っていますけれど、心に地下室があるということはみんな何となく実感していると思います。地下一階までは個人的なもので、地下二階になると、集合的な無意識のようなものの領域になるらしい。僕は地下一階までならわりとよく入るんです。これはある種の特技と言ってよいかもしれません。心の地下室のドアに厳重に鍵をかけて、そこに「うまく呑み込めない記憶」を押し込んで、そのまま忘れようとする人が多いんですけれど、僕は自分の幼児期については、特に外傷的な記憶がないのです。

だから、子どもの時にしでかした失敗とか、恥ずかしいこととか、卑劣なこととか、あまり抑圧しないで、地下室のその辺に放り出してある。それが長い歳月を経てから「どうしてあんな恥ずかしいことをしでかしたのか」、その文脈や理由がふっとわかることがあるんです。なるほど、そういうことだったのか、と。自分がどういうふうにろくでもない人間であるのかについての理解が進むと、自分がしでかした「忘れたいこと」のほとんどは「いかにも自分ならやりそうなこと」だとわかってくる。だったら、隠したり、しまい込んだりする必要がありません。時々引き出しから取り出して、しみじみ眺める。

人生を変えるきっかけ

内田　去年大学時代のクラス会がありました。僕は大学時代にクラスメートからすごく嫌われていたんです。だから四〇年以上ずっとクラス会に呼ばれませんでした。だけど、幹事が代わって、「内田も呼んでやろうよ」ということになってお声がかかった。それで、わりとぎこちない感じで行ってきました。一応にこやかにみんなでお酒を飲んだりして、昔話をしたんだけれど、帰り道にひとりが近づいてきて、「内田、一九七二年だか三年だか忘れたけど、駒場のイタリアン・クォーターでふたりで飲んだ時にオレがおまえに何て言ったか覚えているか？」と訊くのです。その時に、四〇年前のことをありありと思い出した。「お前って、本当に嫌なヤツだな」って言ったでしょと答えました。彼はちょっと驚いたようで、「やっぱり覚えていたか」と言いました。僕だってかなりショックな経験でしたからね。でも、ずっと忘れていた。

言った彼もそのことをずっと気にかけていたんだと思います。現に僕にはかなりその言葉が応えたんですから。彼は性格の穏やかな、親切なクラスメートだったんですけれど、そういう人がそこまで言うんだから、僕もその時によほどひどいことを口にしたんだと思います。でも、彼の一言のおかげで、「オレ、生き方変えなきゃいけないな」と思うようになった。その後、合気道の修業を始めたのも、自分を作り直さないとろくなものにならないと思ったからです。

そういう重い一言だったんだけれど、僕は彼に「覚えているか？」と訊かれるまで忘れていた。けれど、訊かれて即答できたということは「忘れていたけれど忘れていなかった」ということですね。言った彼も、僕がそれで深いショックを受けたという加害の記憶をたぶん抑圧していたと思うんです。でも、四〇年ぶりに僕に会ったら、彼も僕もそれを思い出した。そういうことってあると思うんです。

成瀬　うらやましいね。僕が本を書くのは体験から書くから、記憶からじゃないのよね。ほとんど記憶がないから（笑）。

内田さんのは特殊能力だね。僕は小学校の頃のこととか、ほとんど覚えていません。冗談抜きで、よっぽど特殊なことだけしか記憶にないですね。学校は「行ったような気がするんだけど……」という程度しかない。小学校四、五、六年で、冬の間に夜回りに行って「火の用心」といって歩きました。あれは僕がいい出して、級友三人ぐらい引っ張り込んで毎晩行ったのを覚えていますが、当時学校で何をしていたのかはまったく覚えていません。食事の記憶もないから小学校で何を食べたかも覚えていない。

これから地下室作ろうかな（笑）。地下室は、どうやって作ったらいいですか。

内田 みんな地下室に記憶は残っているはずなんです。ドアを開けて階段をおりるという手だてがなかなかないんじゃないでしょうか。

成瀬 小学四年から劇団にいたので、そっちのほうがまだ記憶があります。自分にとっての重要なことは学校の勉強じゃないから、学校にいた時の記憶がないのでしょう。

内田 本当は覚えているんですよ。引っ張り出すと、ずるずると芋づる式に過去の記憶はいっぱい出て来ますよ。

成瀬 どうかわからないな。本当に記憶がない。ちゃんとした記憶が思い出せるのはやっぱり高校ぐらいからでしょうか。中学も記憶がはっきりしていない。ダメだ（笑）。

内田 いやいや、別にダメとかダメじゃないという話じゃなくて。セルフイメージがカチッとできていると、セルフイメージとそぐわない記憶というのはなかなか思い出せない。

成瀬　自分が積極的に生きようとしている行為に関しては覚えているんです。学校は積極的に行って勉強しようとはしていないから覚えていない。

高校に進学してからブラスバンド部に入って、クラリネットとサキソフォンをやっていましたが、中学三年の時に、将来の仕事はどうしようかと考えていて、ブラスバンド部を選びました。

内田　早いですね。中三で。

成瀬　本当は高校も行きたくありませんでした。早く仕事をしたかったのですが、担任の先生と母親に折伏されて「高校だけは出ておけ」といわれて、仕方なしに「自宅から一番近い学校に行く」といって渋々行きました。

それまで小学校四、五年ぐらいから子役をやっていて、榎本健一先生のところへ行っていました。日本の喜劇王エノケンの名で一世を風靡《ふうび》したのですが、劇団内では榎本先生と呼んでいました。母が榎本先生の知り合いで、「成瀬さん、おたくのお坊っちゃん、うちの劇団に連れておいでよ」といわれて、「こぐま座」という児童劇団に入って、舞台、テレビ、映画にも出ていました。それが小学校で、その記憶はあるのですが、学校で何をやったかはまったく覚えていません。新宿コマ劇場で「雲の上団五郎一座」公演の時など、榎本先生に「見に来なさい」と声をかけていただいて、可愛《かわい》がってもらった記憶があります。晩年は脱疽《だっそ》を患い、車いす生活になりましたが、劇団にはよく来ていました。

それで中学三年になる時に、このまま芝居をやって大人になっても、この仕事では食べていけないだろうと思ったんです。芝居で食べていける人はピラミッドの上の人だけで、あとはみんな食えない。それをずっと見ていましたから。例えば財津一郎さんは劇団の先輩で、当時大学に通いながら新聞配達をしていました。その後、俳優として売れて「てなもんや三度笠」など、高視聴率の番組で活躍しました。でも、そういうふうに売れたのは後々のことで、劇団にいた当時は食うや食わずの生活をしていました。そういう人たちを見ていたので、売れるのは一握りの人だということは十分に知っていました。舞台に立つことは好きだったので、じゃ、どうしたらいいかなと思った時に楽器をやれば食べていけるようになるなと思いました。でも僕は中学二年まで音楽の成績が2だったのです。音楽は大嫌いでした。

だけど、おふくろにいって、三年になった時にN響のクラリネットの先生について一年間教わって、高校ではその流れでブラスバンド部に入りました。親戚筋にジャズで一流サックスプレイヤーの三浦治雄さんという人がいて、高校一年、二年とブラスバンドをやりながら、サックスも教えてもらっていました。でも、高校三年になった時にもう我慢ならなくて、ついに仕事についたんです。昼間は高校へ行って、夜はキャバレーでサックスを吹いていました。高校三年から稼ぎ出したわけです（笑）。

ふつうは高校を卒業すると、大学に進学するか就職するということになるけれど、僕の場合はすでにキャバレーのバンドマンになっているので、改めて就職する必要はなかったです。昼間、高校に行くことがなくなったので、その時間を無駄にしたくなくて、ヤマハのセールスマンをしたり、窓ふきの仕事をしたりしました。時計修理の技術を身につけて、時計と宝石を扱う「成瀬商会」というのを開業したけれど、その時は一九歳という若さもあり、一年も持たなかったです。もちろん、その間もキャバレーでの仕事は続けていました。

そんなふうに、自分が稼ぐこととか仕事をすることに関しては記憶があります。自分が生きていくことと関わらないことは、あまり記憶にない。一生懸命生きていこうとしていること、一生懸命やろうとしていることと関わりがないことは記憶から消されているのかわかりませんが、どこかに入っているのでしょう。ゴミ箱に入っているのかもしれない（笑）。

自分の身体で遊ぶのが好きだから、それはずっと覚えているし、わかっているのに、自分にとっての事件性がないことは忘れてしまう。

体育も嫌いだったから夏のプールは、必ずサボっていましたね。おなかが痛いとか何だかんだといろいろいい訳にしてサボっていました。サボったというのは覚えています。体育は苦手、全然ダメでした。

内田　僕も体育は大嫌いでした。

成瀬　球技ができないですよね。球を扱うものは基本的に一切やったことがない。

内田　不思議ですよね。僕も本当に体育は苦手で、球技もまったくダメなんです。野球も全然ダメ。

成瀬　その辺、一緒だ（笑）。

内田　サッカーも全然ダメで。

成瀬　僕もボールを扱うものはダメでした。

内田　理由のひとつは、子どもの頃から右目の視力が弱くて、左右の見え方が違うので、ものの距離感があまりはっきりしないせいもあるんです。野球をしても、ボールとグラブの間の距離感がわからない。だから、ぽろぽろ落とすし。走るのも苦手だったし。

成瀬　僕も走るのは苦手です。

内田　僕は六歳の時にリウマチ性心臓疾患というのにかかって、心臓の弁膜に異常が残ってしまったんです。だから、運動ができない。激しい運動をすると心臓の鼓動が異常になるんです。

医者に運動禁止を言い渡されて、もともと体育嫌いだった上に、運動禁止ですから、身体の使い方がおかしくなるんです。ふつうの子どもたちが自由に走り回って身体の使い方を自然に遊びながら覚えている時期に、僕は部屋にこもってずっと本を読んでいた。高校の途中ぐらいでようやく心音異常が治まってきたんですけれど、六歳からのハンディはやっぱり大きいです。一〇年間ぐらい、子どもたちが一番思う存分身体を使う時期にまともに動いてないんですから。

成瀬　その辺はほぼ似ていますね。

内田　よく「どういう人が武道をやるのですか？」と訊かれますが、武道をやる人は基本的に「弱い人」なんです。強い人がわざわざそんなもの習いませんよ。生まれつき強いんだから。武道は、自分が「弱い」ということを思い知っている人間、自分で自分の身体をどう使ったらいいのか、使い方を知らない人間がすがりつく先なんです。ふつうの子たちは遊びを通じて身体の使い方を覚える。追いかけっこしたり、木登りしたり、高いところから飛びおりたりして、身体の使い方を覚える。でも、そのプロセスを経験できなかった人間は、きちんとしたメソッドに頼るしかないんです。きちんとしたプログラムがあるところに行って、一から、呼吸の仕方から始まって、五体の使い方を覚えるしかない。自然に身についているはずのものが身についてないんですから。だから、武道に惹かれるんです。そして、武道はまさに僕みたいな人間のためのメソッドなんですよね。だから、本当にほっとしましたよ。

合気道は哲学があって、それに基づく実践的で合理的なプログラムがある。先生にひたすらついていって、言われた通りのことをすれば、心と身体の使い方が習得できるわけですから。多田先生に入門してから、四〇年以上になりますけれど、稽古を休みたいと思ったことがありません。

成瀬　僕は力道山全盛の時代だったから、プロレスは観ていましたね。力道山が暴漢に襲われてナイフで刺されて亡くなった時（一九六三年）には、池上本門寺のお葬式に参列しました。その数年後に、力道山が格闘技のために建設した「リキパレス」がキャバレーとしてリニューアルされた時に、キャバレー「エムパイア」のバンドで仕事をしました。オープンの時に舞台の袖に立っていると、隣りにやけに大きな人が立ったので、見上げるとジャイアント馬場さんでした。

「弟子上手」は学び上手

内田　高校中退した後に、あれこれあって、大学に入ることになりました。ちょうど全国学園闘争の時代だった。若いから、エネルギーはあり余っているし、性格は攻撃的だし、弁も立つ。論争しても負けない。自分には闘う才能があるということをその時に知りました。それをよいことに、あたり構わずに辛辣な言葉を吐き散らしていた。でも、さっきの友だちの話からわかるように、周りから「本当に嫌なヤツだ」と思われて、大学で親しく話せる友だちも数えるほどしかいなくなった。自分でも「これはちょっとまずいな、こんなことやっていると、先行きろくな人間にならないな」と反省するようになった。

「人の道」を一からきちんと師匠について教わりたい。孫悟空ですよ。三蔵法師について、頭に輪っかをはめてもらって、きちんと誰かに制御してもらわないと、自分を制御できない。それくらいに激しい攻撃的なエネルギーに苦しんでいたんです。自分の攻撃性でいずれ我が身を滅ぼすことになると思っていた。周りの人を傷つけ、自分も傷つく。これはまずいと思って、師匠を探すことにした。

師匠であれば誰でもよかったんです。芸の道に入ってもよかったし、職人になってもよかったし、宗教に入ってもよかった。とにかくきちんとした尊敬できる師匠がいて、その人にその道のことをゼロから教わって、自分が努力した分だけ技術や知識が身についてゆく、そういう生き方をしたかったんです。それまでの自分は、先天性に支配されていたから。

心臓が悪いというのは器質的な疾患で、僕の個人的な決断や努力とは関わりがない。そのせいで運動ができないのも、別に僕のせいじゃない。逆に、受験勉強とか、文章を書くとか、論争とか、特に努力しなくてもできてしまうことがある。できちゃうのは生まれつきであって、こちらも僕の決断や努力とは関わりがない。善いことも悪いことも、それまでの僕は先天的な条件に支配されていた。

受験勉強もあまり苦労した記憶がないんです。中学三年生の頃は、教科書を見るだけで頭の中に図像記憶が残る「カメラ目」だったんです。だから、覚える努力をしなくてもいい。試験の時は、頭の中の教科書をめくるだけでいい。図像としてそのまま記憶されているわけですから、それを読む。地図もグラフもそのままアーカイブされているわけですから。

でも、そうやって受験勉強でいい成績をとっても、あまり嬉《うれ》しくないんです。だって、自分の努力の成果じゃないんですから。努力しなくてもできちゃう。そういう天賦の能力で飯を食うのは「フェアじゃない」という忸怩《じくじ》たる思いがいつもあった。自分で手に入れたわけじゃない能力ですから、ある日なくなっても文句を言う先がない。「カメラ目」機能だって、一六歳の夏に、急に消えてしまった。

天賦の能力は不調になった時に補修のしようがない。自分で作ったものじゃないんだから、どういう材料で、どういう手順で作ったのかわからない。修理もできないし、新しく作り直すこともできない。そんな頼りないものを土台にして生きてゆきたくない。それよりは、自分で汗を流して、一つひとつ煉瓦《れんが》を積み上げていったようなものを生きる上での土台にしたいと思った。「これは一から十まで自分で作り上げたものなんだから、誰にも奪えない。誰にも壊せない」と自信を持って言えるものの上に自分の人生を積み上げたい。はっきりそう思うようになったのが二五歳ぐらいのことです。

その時に多田宏先生に出会った。自分は身体能力は低いけれど、先生を信じてついていけば必ずそれなりのものを身につけることができるはずだ。僕が合気道の修業で獲得したものは、間違いなく僕の個人的努力の成果です。身体が弱い、運動能力が人より遥かに劣る人間が、人にはできないことができるようになったとすれば、それは多田先生についてゆこうという僕の決断と、日々の努力の成果だ。それは誇っていい。爾来《じらい》、四十数年倦《う》まずたゆまず稽古を続けてきたわけです。でも、そのきっかけになったのは、自己嫌悪だったんです。こんな生き方を続けていたら、ろくなことにはならないぞと思ったからです。その時に師匠を見つけなければいけないと思った。それが決定的な転換点だったと思います。

僕の周りでも、師匠と呼べる人を持っている人って、わりと少ないんです。うちの兄貴が生前にしみじみと僕に言ったことがあるんですけれど、「樹は本当に『弟子上手』だね」と（笑）。「オレから見て大したことのないように見える人でも、樹は『先生、先生』と尊敬してついてゆく。オレは注文がうるさいから、簡単に人を『先生』とは呼べない。だから、ついに師匠というものを持たずに一生を終えてしまったけれど、結局はお前のほうが『先生』たちからいろいろなものを学んだ。お前のほうが得したんだよ」と言われた。

成瀬　弟子上手、おもしろい言葉ですね。

内田　師弟関係が心底好きなんです。自分でも学校で教えて、道場で弟子を育ててきたけれど、人に教わるのも、人に教えるのも、どちらも大好きなんです。

生命力を減殺する要因

成瀬　僕はヨーガは完全に独学です。

内田　自分の身体から学んだそうですね。

成瀬　小学校入学までは、疎開先の群馬県で暮らしていました。幼稚園とか保育園には入らなかったので、自分で工夫して遊んでいました。今のように遊び道具が豊富な時代ではなかったので、自分の身体を使って遊ぶことが多かったです。その当時、僕はヨーガのいろいろなポーズを、知らず知らずにやっていたのだと思います。

そして小学校入学のタイミングで東京に来ました。入学式の時、いきなり何百人という児童が一カ所に集まっている光景を見て、パニックになってしまったのです。田舎で従妹《いとこ》や少数の友人としか接してなかったのに、いきなり大勢の子どもを目にしたことで、周囲がすべて敵のような感覚に襲われました。訳がわからずに暴れ出した僕のことを数人の人が抑え込もうとしたけれど、抑えられなかったようです。そのことがあって、校長が「この子は特殊学級に入れたほうがいい」といったけれど、担任の女性教師が、「成瀬君は大丈夫」とかばってくれたおかげで入学できたのです。

そのことから、自分の中には、驚くほど凶暴なパワーが存在していることを知りました。小学校卒業までに、いきなり凶暴スイッチが入って暴れ出したことが数回ありました。ただ、その何倍もスイッチが入ったことがあったのですが、その都度コントロールして、暴れ出すのを抑えていました。小学校の六年間で、自分自身をコントロールする能力が磨かれたと思います。中学以降は、一切凶暴スイッチは入っていません。ただ今でも、自分の中に驚くほどの凶暴なパワーが存在しているのは確認できます。それがあるからこそ、常に自己コントロールできる瞑想能力が身についたのだと思います。その「凶暴スイッチ」を解放したら、今でも誰にも止められない事態になることは予測できます。そういう爆弾を抱えているからこそ、ヒマラヤの崖の上で瞑想したり、危険な氷河の氷壁を背にして瞑想できるのだと思います。

内田　僕は成瀬さんほど性能のいい身体ではなかったので、自分の身体に訊いてもよくわからない。遊び相手にならないんです。僕が自分の身体から学んだことは唯一で、それは僕の身体は「嫌なことには我慢できない」ということでした。虚弱児だったせいもあって、自分の生命力を減殺するようなものについては激しく拒否反応するんです。何かを命令されたり、強制されたりすると、「嫌なものは嫌」なんです。頭で考えて、「こうしたほうが賢明だ」と思っても、身体が拒絶する。

さすがにこの年になると、目上の立場から僕に嫌なことを強いる人はあまりいなくなりましたけれど、二〇代までは、年上の人や権力のある人からあれこれと命じられたりしますよね。立場上「イエス」と言わなくてはならないと頭ではわかっても、身体がついてゆかないんです。体力のある人は病気で倒れるまで我慢できるんでしょうけれど、僕は身体が弱いので、我慢できないんです。

我慢すると、すぐに死んじゃうから（笑）。我慢できるのは、強い人なんです。ブラック企業なんかで働ける人たちは強いんです。僕は弱いから、理不尽なことに耐えているとすぐに壊れてしまう。

成瀬　合気道は合っていた？

内田　合っていたんですね。合気道は身体を鍛えてゆくということではなくて、感覚を敏感にしてゆく、センサーの感度を高めてゆくということのほうがむしろ大事な修業だったので、僕みたいな弱い人間というか、嫌なことが嫌いという人にはとても向いていました。

競技によっては、すごく厳しい身体的な負荷を耐えるとか痛みを我慢するということを要求されるものもありますが、僕はそういうのはまったくダメだったので。我慢できない男です。

成瀬　僕も我慢はダメです。自分勝手だから。

内田　そうですよね。好きなことしかしてこなかった。

成瀬　それでとりあえず生きてこられたんだから、まあよしとする。

内田　僕が尊敬する人たちはみなさんそうですね。嫌なことは絶対やらないという人たちです。養老孟司《ようろうたけし》先生（解剖学者、東京大学名誉教授）を見ていると清々しいですね。多田宏先生も我慢ということはされない方ですね。立場上、さまざまな人からいろいろなことを頼まれたりしているのですが、世の中の義理ごとみたいなことはできるだけ関わらないようにされている。その点では、ふたりともよく似ていると思いますね。面と向かって「嫌です」とは言いませんが、「先生、ひとつこんなことをお願いしたいのですが」と相手がしゃべり始めると、すっと「オフ」にして、遠い目をする。成瀬先生も頻繁にオフにされていると思いますよ（笑）。

成瀬　会社員だと、嫌なことをせざるを得ない時も多々あるとは思いますが、嫌なことをやり続けちゃうと、自分の生命エネルギーが下がりますね。

内田　嫌なことを我慢しちゃうと、「嫌なことを感じる能力」自体が落ちる。不快な入力を鈍感になることで耐えようとすると、生き物としてのセンサーが壊れてしまう。

「気の悪いところ」には住まないほうがいい。でも、そういうところに家があったり、オフィスがあったりすると、逃げ場がない。仕方がないので、感受性を鈍感にすることでしのごうとする。鈍感になってゆきます。そうなると、何が起きるかというと、そこにいる人たちの間で話が通じなくなるんです。ちょっとした言葉のニュアンスを取り違えたり、メッセージを誤解き間違えたり、気配がわからなくて、人の動線を塞いだり、ぶつかったり、名前を呼んでも気づかなかったり。

そんな人たちが集まっていると、当然いさかいが起こる。約束したはずのことが届いてなかったり、勘違いしていたりして、間断なくトラブルが起きる。家族だったら不和になるし、会社だったら倒産する。別に、悪霊とか地縛霊が来て災いしているわけではないんです。でも、気の悪いところにいると、その気の悪さを感じないようにするために感受性を下げてしまう。だから、表情の変化がわからない、相手が冗談で言っているのか、本当に怒っているのかすらわからなくなってしまう。冗談を真に受けて怒り出したり、人間関係のきしみが起こるようになります。

成瀬　自分にとって嫌なこととか気分悪いことを我慢して暮らしていると、ツケは必ず来てしまいます。つまり、ストレスが過多になってきて、そのツケが結局、病気になってしまうのです。業病はだいたいそうですね。実は瞑想能力があると、そういったことをすべて回避できるんです。

まず、嫌なこととか気分悪いことを我慢するというのは、目の前しか見えないからです。嫌なことを我慢するのではなく、嫌なことをしっかりと見据えるのです。そうすると、その嫌なことと思っていたことの中に、そんなに嫌じゃないことが混じっているのがわかります。目を逸らしたり、見ないようにしたりすると、正しい判断ができなくなります。そうすると勘違いしたり、いさかいが起きます。人間関係がどんどん悪くなってしまう。何ごとも冷静に見据えることが大切なのです。それによって、必ずよい方向に向かえる道が開けます。我慢というのは、目を閉じてしまう行為です。嫌なことを見ないようにしよう、考えないようにしようという姿勢が、さらに悪い方向に行ってしまうのです。

内田　病気の原因はほとんど我慢じゃないんですか。

成瀬　最近、西洋医学もそういうことがだんだんわかってきて、「ストレスをなるべくためないように」といっていますね。

全能感と幻想について

内田　前に、池谷裕二さんから聞いたおもしろい話があります。鬱になると脳内物質が変わりますね。それが脳内に発生すると、すごく気分がめいってくる。実際に身体の中に点滴で、気分がめいってくる薬を注射して、気分が悪いというのを一時間とか二時間耐えていただく。グループをふたつに分けて、一方のグループは「我慢してくれたら後でギャラ払いますから」というのでひたすら耐える。もう一方のグループは「どうしても気分が悪くなったらオフを押してください。そうしたら治りますから」と、オフスイッチを与えるのです。

そうすると、オフスイッチを持ったグループはオフを押さないんです。でも、気分が下がらない。つまり、「今気分悪いけれども、この気分はオレの決断次第でいきなりゼロになる」と思っていると、気分が悪くならないで耐えられるという実験の話を聞きました。

だから、心身の不快というのは、この心身の不快を自分が「ノー」と言った瞬間にパッと切り替えられて、自分自身が自分の運命の主人であるという全能感があると、人間は不快に感じないというのを聞いた時に、「自分の運命を自分がコントロールできているかどうか」ということは、人間にとってはものすごく大きなことなんだなと思いました。

成瀬　苦しいことでも痛いことでも嫌なことでも全部愉《たの》しむという僕の生き方と似ているような気がします。考え方がですが。苦しいことでも全部愉しんじゃうから。ものは試しで人間ドックを経験したんです。そうしたら、ディズニーランドのようで楽しかったです。眼圧検査ですといわれて、装置に眼《め》を当てたら、何かビュッと風が眼に当たったんです。看護師さんに思わず「わあ、愉しい！」っていったら、受けていました。何しろ体験したことのないことは、すべておもしろいです。嫌だと思ったら、その思いが増幅されます。逆に愉しいと思えば、その思いが増幅されるので、より愉しくなるのです。

内田　日本人も自分たちの国のことを「ストーリー」にして現実を読み替えていると思います。日本はアメリカの属国なわけですが、ナショナリストは国内に外国軍の軍隊が駐留しているのに反基地運動をしていない。それは「こちらが嫌がっているのにアメリカが駐留しているのではなくて、日本政府からお願いしていてもらっているから」という話になっているからです。そういう話のほうが気分がいいから、そういう話にしている。

自分が主権者であり、国内に基地があるという不快な現実についても、「出て行ってもらおうと思えばいつでも出て行ってもらえる（言わないけど）」というふうに読み替えている。そのほうがダイレクトに「日本はアメリカの属国だ」という不快な現実に耐えるよりも、耐えやすいから。自分自身が運命の主体者であるという幻想がどれぐらい強固か、人間がどれぐらいそれを求めているか、窺《うかが》える話ですね。

成瀬　危ういですね。

内田　安倍内閣の外交は大成功しているというような話も別に嘘をついているわけじゃないと思うんです。何が何でも日本政府が日本の運命の決定主体であると思いたがっているだけなんです。話を書き換えているんです。

成瀬　そういう書き換えで、自分の気分がよくなってしまっている。

内田　気分がよくなるためというより、これ以上気分が悪くならないため、と言ったほうがいいかもしれません。僕たちは日本は主権国家ではないと知っているわけです。敗戦以後ずっとアメリカの属国であって、今もアメリカの命令で重要政策が決定されている。国防もエネルギーも食糧も、重要なことはすべてアメリカの許諾を得なければ決定できない。でも、その属国民であることの不快さがあまりに耐え難いので、生き延びるために「日本は独立した主権国家で、自分たちの運命は自分たちで決定できる」という虚構の「オフスイッチ」にしがみついている。その気持ちもわからないではないんですけれど、現実を直視しないと、現実を修正することはできません。「すべてうまくいっている」という話を自分に言い聞かせていたら、そりゃ気分はいいでしょうけれど、現実は「ほとんどうまくいっていない」わけです。その現実を見ないように、感じないようにするために、ますます感受性を鈍化させている。これは危機的だと思います。

成瀬　ゆっくりと鈍くなっていきますよね。

内田　成瀬先生の場合は逆に、現実をおもしろがることによって、経験していることをできるだけ細大漏らさず記憶しようとしている。その点が「作話」といってもめざす方向がまったく逆じゃないかと思います。取り込む情報を増やすために「おもしろがる」のと、取り込む情報を減らすために「気分のいい話」を服用するのでは。

アウトプットしたものだけが自分のものになる

成瀬　基本的にやっぱり、自分の頭で、自分の目で、自分の判断でどのくらい生きていくかということがまず重要だと思います。それを現代の人たちはなるべくしないようにしている。受動的過ぎるというか、どうやって生きていったらいいか困ったら、まずスマートフォンや何かに頼ってしまう。インターネットで調べたり、すべてそこから情報を得て、自分で考えることはしなくなってきています。

人生は結局、生まれてから死ぬまで全部自分の責任においてやることだから、誰かに訊いて「こうやったらいいですよ」といわれて、それを信じてそちらへ行くと、失敗した時にそのアドバイスした人を呪うわけです。でも、判断したのは自分ですからね。困った時に相談してアドバイスを受けても、参考程度にとどめておいて、オレもこの人と同じ考えだなと思って自分の判断でやれば、失敗してもその人に怒りをぶつけないで済むわけです。

本当は、人生は全部自分の判断でやっていることなので、いろんな情報を仕入れたり、いろんな人から聞いたり、占いをやったりしても、それは全部ヒントであり、参考意見だから、結局自分が判断するわけです。それをちゃんと自分の中で理解していないで、「何かに頼っていけば生きていける」と思ってしまうと生命力は落ちていきます。自分で生きていこうとして半歩でも一歩でも前へ進もうという気持ちがないと、生命力は上がっていかないです。

内田　生命力を量的なものだと考えている人が多いんじゃないかと思います。栄養みたいな感じで、生命力をたくさん取り込むと、アップするとか。僕はそれは違うんじゃないかと思うんです。生命力って、「取り入れるもの」じゃなくて、「出すもの」じゃないかと思うんです。今先生がおっしゃった通り、使わないと生命力は増えない。貯め込むということはできないんです。知恵は使わないと知恵にならない。判断してみないと、判断力はつかない。他人からあれこれアドバイスを聞いても、「成功者」の書いた本を読んでも、そんなものは無意味だと思う。問題は入力ではなくて、出力だから。

出さないとダメなんです。やったほうがいいんです。十分な根拠がなくても決断したほうがいいし、やろうかやるまいか迷ったことはやったほうがいい。

成瀬　本当にそうです。テレビを見ていて興味があったら、まずやっちゃう。例えば、モノによっては「これはオレに向いてないだろうな」と思っても、思ったらやってみるんです。挑戦してみた結果、向いていないことを自分で体験するんです。それで納得できますから。

でも、頭では「向いてないだろうな」と思ってそのままスルーしてしまうと、自分に向いているか向いていないかわからないままです。だけど、やってしまえば「やっぱり向いてないんだ」と納得できます。

内田　でも、先生には向いていないことはあまりないと思うんだけど。

成瀬　いや、そんなことはないですよ。向いていないことばっかりいっぱいやりましたから（笑）。

内田　「迷ったらやる」というのはすごく大事だと思います。「迷ったらやらない」という人が多いけれど、迷った時はやったほうがいい。まったくやる気のないことについては「やろうかどうしようか迷う」ということは起きませんから。「迷う」ということは相当やりたいということなんです。だったら、やればいい。

知識や情報は集めても仕方がないんです。使わないと。使ったものだけが身につく。人に手渡したものだけが自分のものになる。そういうものなんです。

成瀬　本当にそうです。

内田　出したものだけが自分のものになるんです。入っただけで退蔵しているなら、それは無価値なゴミなんです。出した時に初めて価値を持つ。

成瀬　そうですね。ゴミというのはわかりやすい。

内田　ゴミというのは言いすぎですけれど、入力したものは他人のものです。入ってきたものは僕の所有物じゃない。出したものだけが自分のものになる。

成瀬　僕の本の書き方も引用はほぼゼロです。「誰々によるとこうだ」というのは僕は基本的には書きません。全部自分からのものしか書かない。

内田　僕はさまざまな文献から引用しますし、「これは自分のオリジナルなアイディアだ」と思えるものなんかほとんどないですけれど、引用したものを自分で自分の文章の中にこりこりと書き込んでいると、だんだんそれが自分のものになってゆくのがわかるんです。誰かに話したり、本に書いたりしないと、自分のものにならない。

成瀬　その通り。アクティブに、能動的にね（笑）。

生命力を高める一番の方法

内田　生命力を高める一番いい方法は、上機嫌でいることだと思います。怒り、恐れ、悲しみ、悔いといった感情がもっとも生命力を損なう。だから、生命力を高めようと思ったら、とにかく「機嫌よく過ごす」ということですね。成瀬先生をご覧なさい（笑）。この機嫌のよさは、別にそういうキャラだからというのではなくて、「機嫌がよくなる」技術を持っているということです。僕も「機嫌のよい男」ですけれど、これは技術によるものです。ありとあらゆる機会に「機嫌がよくなるような選択肢」を選ぶ。不機嫌になる道と機嫌がよくなる道のふたつがあったら、迷わず機嫌がよくなる道を選ぶ。ある出来事に遭遇した時に、「怒る」という対応と「笑って済ませる」という対応があったら、まず「笑って済ませる」。

でも、場合によっては、「バカヤロー！」と怒鳴ったほうが機嫌がよくなることもある。昨日は東京に向かう新幹線の車内で「バカヤロー！」と怒鳴っちゃいました。中年のサラリーマンがでかい声でずっと電話していたので。周りの迷惑にならないように声を潜めるとか、早く用事を済ませて切ろうとか、そういう態度を示していれば、車内での通話も気にならないのですけれど、このオヤジはいつまでもでかい声で話している。

成瀬　今どき珍しいですね。

内田　車掌さんが注意しても「すぐ済む」と追い払う。それが三度続いて、ついに僕も堪忍袋の緒が切れて一喝しました。オヤジはすぐに電話を切って、車両の遥か向こうのほうに逃げていって、それっきり東京に着くまで自分の席に戻って来ませんでした。ああいう時の我慢は身体によくありませんんね。

成瀬　内田先生の一喝で車内も凍りついたでしょう（笑）。

内田　僕は身体が大きいですし、かなり怒っていましたからね。何か偉そうなオヤジで、電話でもずっと相手にマウンティングしていたんですよ。立場上自分が強く出られる機会があると、それを最大限に利用して、威張りちらすオヤジっているじゃないですか。僕はあれが大嫌いなんです。ああいうオヤジは時々は怒鳴られたほうが世のためですよ。

成瀬　僕が思う生命力を高める方法は、やっぱり楽しいことをしていくことです。基本的に、やることがない人は生命力がどんどん落ちてしまいますから。だから、定年退職して何もすることがなくなってしまうとけっこう早く死んじゃうんです。「定年退職後五年以内に死ぬ人が多い」というデータがあります。やることがなくなっちゃうからでしょう。

やることがなくなる、イコール、生命力が落ちる。だから、やることがあればあるほど生命力がある。要するに、生命力が落ちる暇がないから。一生の時間は限られているので、その中でどれだけのことができるかと考えれば、のんびりしている暇はないです。それと、四〇歳の人は四〇年間人生を歩んできていると思っているのですが、実はそれは少し違います。人生を生きるというのは、しっかりとした意識状態の中でのことです。三歳までの記憶がないとしたら、その三年間は充実して生きてきたかどうかはわからないし、しっかりとした意識状態で充実した人生を歩んだ時間とはいえません。そうするとその人の経験した人生は三七年ということになります。

さらに、平均六時間の睡眠時間だったとしたら、それも差し引く必要があります。夢を見ているときは別として、しっかりとした意識状態のない睡眠中は、人生経験数には含めません。四〇年のうち、睡眠時間の合計の一〇年を差し引くと三〇年になり、そこから先ほどの三年も引くと二七年間が、その人が歩んだ人生ということになります。もし、その人が八〇歳まで生きるとしたら、あと四〇年あると考えてはダメです。少なくともあと三〇年しかないと考えるべきでしょう。その三〇年を充実した人生にするには、貪欲にやれることを探し、一日を大切に生きるべきです。一年は一二カ月あると思っていると、睡眠時間を差し引くと九カ月しかないのです。だからこそ、今何をすべきかが大切なのです。そうして日々充実した人生を歩んでいけば、当然、善い死を迎えられることになります。

内田　自転車操業みたいなものですね。前に進んでいないと倒れちゃう。

成瀬　僕が生徒たちと一緒にジャズミュージカル「キャバレーナイト」を定期的にやっているのも、生命力を落とさないためです。絶対的に楽しいことをやるのがいいです。

内田　楽しいことを見つけてやるのが一番ですよね。

成瀬　数年前から瞑想画も始めました。瞑想している人を見ても、深い瞑想状態なのか、ただ我慢しているだけなのか、わかりにくいです。そこで、瞑想状態を視覚化できる方法として「瞑想画」を描くようになりました。白紙に筆（またはペン）で、一気に線を描きます。その時に一切の思考を排除して描くのです。つまり、よく描こうとか、この辺でカーブさせようとか、白紙からはみ出さないようにバランスよく描こうといった「思考」を浮かべないで描くのです。いわば瞑想状態で描くということです。そして描いた線をじっくりと見据えていると、白紙の空間に、描き出すべき映像が浮かんできます。これは、瞑想を深めると、いろいろな映像が浮かんでくるのと同じです。その浮かんできた映像を忠実に再現すべく、ペンで細かく書き込むのです。そしてもうこれ以上描く余地のないところまでいったら、瞑想画の完成です。

内田　そうなんですか。それは名越康文《なこしやすふみ》先生（精神科医）がシンガーになったというのと似た感じですね。名越先生は、最近はもうほとんどすべてのエネルギーを作詞作曲とステージに捧《ささ》げていますね。「私の天職は歌手でした」って。六〇歳近くなってから自分が心から打ち込めることと、本当にしたいことに出会ったなんて、いい話ですよね（笑）。

成瀬　いいじゃないですか。

内田　本当にしたいことに打ち込むのって、けっこう大変なんですよね。今僕が本当にしたいのは本を読むこと書くことを除くと、とにかく武道と能楽のお稽古なんですけど、稽古が思う存分できるようになったのは、六〇歳で定年退職した後ですからね。それまでは大学の仕事があったから。今も他にもやりたいことはあるんですけれど、これ以上時間と体力に余裕がないので、武道と能楽だけで止めておくつもりです。

成瀬　僕のほうがチャラいんです。適当に楽しいことがあったら何でも食いついちゃうから。作家の今野敏氏に勧められて、一時期スキューバダイビングをしていました。一年ぐらいして、これは海中でなんかあったら命取りになると気づき、それからはシュノーケリングに変えました。また、スキューバダイビング以来の仲間「ダイバーズ」のグループで、ダーツのトーナメントに参戦したり。これもみな忙しくなって、自然解散となってしまいましたが。スポーツ吹き矢もやったけど、これは本当に素質がなかったので数カ月で止めました。その他にもアニメーションダンスをしたり、タップダンスをしたりして楽しんでいます。

内田　僕は「一度始めたことは止めない」という体質なので、趣味が増えると大変なんですよ。だから、できるだけ新しいものには手を出さないように自制しているんです。知り合いも、一度仲良くなると、ずっと仲良しという質《たち》なので、これも放っておくと付き合いがどんどん広がって、それをこなすだけで日々が過ぎてゆく。だから、とにかく外に出ない。家からなるべく出ないということを心がけています。

前に多田先生から「昔の侍は用事がないところに出かけなかった」と教わってからはそれを座右の銘としています。できるだけ人のたくさんいるところには行かないほうがいいです。行かなくてもいいところに行って、しなくてもいいことをして、それで命を落とす人が少なくなっていって、柳生宗矩《やぎゅうむねのり》も書いてますから。

第六章　最後の自然「身体」に向き合う

成瀬　二〇一八年六月に東海道新幹線で、無差別殺傷事件を起こした男がいるじゃないですか。彼はひきこもりだったと報道されていましたが、ひきこもりは人間を成長させません。思考がどんどん縮小してしまう。だから、あんなことになるんですね。「死にたい」といっているヤツが「誰でもよかった」と人を殺すのは違うでしょう。死にたければ自分でガッと首を切って死ねばいい。本当は死にたくないんです。

内田　「死にたいけれど、自分では死ねないから、人を殺して死刑にして欲しい」ということを言う人がけっこういますね。二〇〇八年に起きた秋葉原通り魔事件もそうでした。七人死亡、一〇人負傷という事件でしたけれど、ひとりでは死ねない。誰かを巻き添えにしないと気持ちが片づかないというのは、どういう心理なんでしょうね。

成瀬　何しろ弱い。「死にたい」と口に出す人は、本当に死のうとは思っていない。「死にたい」というのは、言葉上の逃げでしょうね。厭世観《えんせいかん》というか、生きているのが嫌だとか、仕事が嫌だとか、人間関係が嫌だと思っている。

内田　僕は、生まれてから一度も死にたいと思ったことがないです。

成瀬　だってそんなこと思う必要がない。ちゃんと一生懸命生きていれば、そういうことは思いません。

内田　死にたいと思っている人の数が増えているんでしょうか。それとも、数は増えていないのだけれど、たまたま目立つようになってきたということなんでしょうか。統計的に言うと、殺人事件の件数は戦後ずっと減少し続けているんですけどね。

成瀬　生きることに対する価値観が軟弱になっています。それこそ戦後すぐのほうがバイタリティがあって、生きようとする人ばかりでした。生きるのが大変だから生きようとしますが、今は生きるのが大変じゃないんだもの。仕事をしなくても生きていけるし、生活保護を受けてしまえば、何もしなくても食べていけるし、おまけにパチンコ代ぐらいも出て、何もやらないほうがいいじゃないかとなってしまう。戦後すぐの頃は、それこそゴミ箱をあさってでもいいから、食べるものを探さなきゃいけない。そういう状況のほうが、まともな人間、ちゃんと生きようとする人間が多いということです。

ちゃんとというのは、多少の悪さをしてもだけど、何しろ今は生きようというバイタリティのない人が多いからひきこもりも多い。ひきこもりは、まさにその典型じゃないでしょうか。

生きるのに厳しい社会を肯定するわけではありませんが、そういう社会のほうが、やっぱりまともな人間に育ちます。

何をもってまともかということもあるけど、世界中の貧しい国とか、ストリートチルドレンがいっぱいいるところは、生きるためのバイタリティがある。今の日本はそれがどんどん欠落しちゃっているから、バイタリティがなくなっているので、ひきこもりとか、テレビゲームやスマホゲームだけが人生みたいな人が増えている。

内田　ゲームの影響はあるかもしれないですね。「ひきこもり」というのは「ひきこもっていられる」からそうしているわけですよね。個室がある住環境とか、働かなくても暮らせる経済状態とか、ひきこもりができる条件はいくつかあると思うんですけれど、最大の理由は「ひきこもっていても退屈しないで済む仕組みができた」からじゃないでしょうか。僕らが子どもの頃は、ひきこもっていたくても、家が狭くて、ひとりになれなかった。家族の衆人環視の下だと、何やっていても落ち着かないですよ。本だって、そんなに何冊もあるわけじゃないし、テレビだって居間に一台置いてあるだけだから、他の家族がいる時は自分の好きな番組を見るわけにもゆかないし。退屈でしょうがない。

僕は実態に詳しいわけじゃないんですけれど、ひきこもっている子たちはかなりの部分までがネットをしているか、ゲームをしているみたいですね。オンラインゲームの場合は夜も寝ないで遊んでいられるそうですから、よほどおもしろく設計されているんだと思います。だから、ひきこもっているけれど、やることはいっぱいあって、すごく忙しい。熱中する対象があれば、非社会的であっても、退屈しないでいられる。でも、退屈って、生活を変える、けっこう重要なきっかけなんですよね。「もうこんな生活たくさんだ」「うんざりだよ」というのは人間を突き動かす非常に大きなエネルギーになりますから。

ゲームは「ノンアクティブでも、それなりに楽しく人生が過ごせるよ」という逃げ道を与えたわけで、その分罪が重いと思うのです。だって、ゲームなんて何百時間やろうが何千時間やろうが、人間的な成長は期待できませんからね。身体能力も上がらない。

成瀬　反射神経ぐらいかもしれない。

内田　動体視力と反射神経ぐらいでしょうね。コミュニケーション能力も上がらないし。

成瀬　それをずっとやっていられる環境があるところと、仕事をしなくても食べられるということ自体が問題ですね。

内田　この後、間違いなく日本はどんどん貧しくなってゆきます。うっかりすると、ばたばたっと先進国から脱落していって、東アジアでも、あまりぱっとしない国になってゆく可能性が高いです。その時に失業者が大量に出て来たら、この人たちを何とかして生活させなければならない。仕事のない人は飢え死にしてくれというわけにはゆかない。列島に暮らす一億あまりの同胞を何とか食わせてゆかなくちゃいけない。でも、金がない。どうやって福祉の原資を作り出すか。そういう課題に応えるためには新しい社会福祉制度の設計が急務なんですけれど、何の備えもしてないんですよね。

イギリスのダークサイドとサニーサイド

内田 イギリスが第二次世界大戦後に、「ゆりかごから墓場まで」というスローガンのもと福祉の体制を作っていきましたけど、これにはいいところと悪いところがあった。いいところは、みんなにある程度潤沢にお金が行ったおかげで、新しい中産階級が登場してきた。昔はワーキングクラスの子どもたちは中等教育が終わったらすぐ働きに出ていましたが、少し親の世代に余裕が出て来たので、この子たちが音楽をやったり演劇をやったり、映画を撮ったりということを始めた。そういうのは、第二次世界大戦前のイギリスではあり得ないことでした。ワーキングクラスの子どもたちがギターをかき鳴らしたり、8ミリで映画を撮ったり、ファッションの世界に入ったりし始めた。イギリスにおける一九六〇年代に爆発的な文化的イノベーションがありましたけれど、ビートルズやローリングストーンズは、ある意味で戦後の社会福祉の成果なんです。

でも、その反面ダークサイドもある。イギリス在住のブレイディみかこさんが『子どもたちの階級闘争―ブロークン・ブリテンの無料託児所から』(みすず書房、二〇一七年)に書いていましたが、生活保護を親子三代にわたって受け続けているような家庭がある。そういう家庭の子どもたちは、身近に働いている人を見たことがない。毎朝決まった時間に起きるとか、外へ出る時はきちんとした格好をするとか、人に会ったら「こんにちは」と挨拶するというような最低限の社会的なマナーも身についていない。祖父母も父母も周りの誰も働いた経験がないわけです。さすがに三代続いて就労経験がないと、子どもたちが社会復帰するチャンスは激減する。

じゃあ、社会福祉予算をカットしようということになると、まっさきに苦しむのもやはり子どもたちです。働いている人が周りにいないところに生まれて育ってしまったら、その後、社会的に上昇してゆく可能性はほとんどない。そういうハンディを背負った子どもたちの家庭に対する支援を打ち切ってしまうと、しわ寄せはまず子どもたちに来る。食べるものもなく、栄養不良になって、ついには餓死するというような悲惨なことまで起きる。どうやって貧困層を支援しながら、彼らと社会のつながりを維持させたらいいのか。それについては誰も名案がないんです。そのところでブレイディさんも苦しんでいるわけです。

成瀬　バランスが難しいですね。

内田　受給者たちを狭いゲットーのようなところへ押し込めていって、その地域にはまともに就労している人がまったくいないというような環境をどうやって作らずに済ますのか。

成瀬　北欧でも仕事しないでも生きていけると、アルコール中毒やジャンキーが増えてしまうようです。

内田　特に次の世代に影響が出るというのが大きかったですね。ある世代の人たちが失職したら政府が支援するというのはよいことなんですけれど、それが何世代にもわたって続くと、就労ということの意味がわからない子どもたちが生まれてくる。その子たちに労働すること、社会参加をすることの意味を教えるのは至難の業なんです。

成瀬　生活保護のシステムは少し考えないといけない。

内田　どうやって社会性を身につけさせるかですね。いろんな仕方で就学・就労の支援をして、子どもたちに社会とのつながりを途絶えさせないようにしないと。

成瀬　ただただお金をもらえるのがまずいんですね。そのためには、健康な人間だったら、何か仕事をして、その対価としてもらうとかね。もしくは指定されたスーパーへ行って、生活していくための物資をこのカードで買えますよという形で渡して、ダイレクトなキャッシュを渡さないほうがいいかもしれません。

内田　そうかもしれないですね。

成瀬　ダイレクトなキャッシュだと、パチンコやっちゃうし、飲んじゃうし、何でもできちゃう。

ゲームに依存する現代人

内田　正直言って、僕はパチンコというのも好きじゃないんです。テレビゲームと同じで、パチンコは何十時間何百時間やろうが、何千万円費やそうが、何も身につかないわけでしょ？ただパチンコ業界が太るだけで。ギャンブル依存症の人たちを作り出して、彼らからお金を巻き上げる。その出どころが仮に生活保護だったら、要するに税金を吸い上げて、業者たちの個人口座に付け替えるという仕組みじゃないですか。日本の場合、パチンコ業界は警察利権ですよね。今度はそこにカジノまで入ってくる。

生活保護の不正受給に文句を言う人たちは、それが、税金が私財に転換されるということで不満なら、当然カジノにも反対するのがことの筋目なんですけれど、不正受給を批判する人たちがカジノ推進派だったりする。

テレビゲームもパチンコもカジノも、好きな人にとっては楽しい時間が過ごせるんだから放っておけよという意見もあると思います。僕もバクチはそれなしでは生きられないというほどの依存症の人がいる以上、「やめろ」とは言えない。でも、そこから受益している人たちは、多少は「ためらい」とか「疚《やま》しさ」を感じても罰は当たらないんじゃないでしょうか。テレビゲームの開発をしている人だって、「あまりおもしろいものを作ってしまうと、子どもたちの市民的成熟を阻害することになりはしないか」という不安を抱いてもいいんじゃないですか。

成瀬　五反田の駅前にパチンコ屋があって、時々駅前から一〇〇メートル以上、パチンコ屋の開店を待って、朝の九時半くらいに人がずらっと並んでいます。この人たちは何の仕事をしているのかなと思います。

内田　仕事をしていないんでしょうね。

成瀬　朝からずらっと何百人も並んでいる光景は実に奇妙ですよ。あれは訳がわからない。今のパチンコは昔と違うじゃない。

内田　僕はもう何十年もパチンコ屋には入ったことがありませんが、あっという間に一万円ぐらいなくなっちゃうそうですね。

成瀬　昔の手打ちの時は娯楽だなという感じだったけど、今は違うものね。娯楽じゃなくて本当にギャンブルでしょう。

内田　僕はスマホでゲームやっている人見ると、怖いですね。電車に乗っていると、みんな携帯見ているじゃないですか。イヤホンをつけて、画面を必死で覗《のぞ》き込んでいるので、何しているのかな、ニュースでも見ているのか、英語の勉強でもしているのかなと思うと、だいたいゲームをしている。電車に乗っている間ずっとゲームをやっていて、何が楽しいんだろう。

成瀬　僕らには全然わからない世界です。

内田　あれをする時間にもうちょっと生産的なことをしていれば……。

成瀬　ゲームによっては課金されてしまうものもあります。

内田　何かヴァーチャルなアイテムを買ったりするために、現実のお金が出てゆくらしいですね。

成瀬　仮想空間でアイテムをいっぱい取ったって、あんなもの一銭にもなりません。あれは、いってみれば半詐欺ですね。

内田　依存症の人を増やすと利益が上がるビジネスモデルというのはよくないです。
成瀬　課金されるなんて、危険なことだと思います。
内田　ゲーム業界も与党に献金していて、規制を逃れようとしているんでしょうね。さっきも言いましたけれど、ひきこもりとか不登校になっても、ＰＣやスマホでゲームが楽しめるという環境は子どもたちにとっては「ありがたいこと」なんですよ。退屈しないで済むから。でも、個室にひきこもって、三年間ゲームだけやったとしても、それによって人間的な成熟を果たすとか、何らかの社会性を獲得するということは期し難い。

吉川英治の『宮本武蔵』（新潮文庫、全八巻）の第一巻の終わりのところで、さんざんな騒ぎを起こした後、武蔵が澤庵《たくあん》禅師によって白鷺城《しらさぎじょう》の一隅の座敷牢《ざしきろう》のようなところに閉じ込められるというエピソードがあります。しばらくここにこもって本でも読んでいろと澤庵に命じられて、武蔵は陽《ひ》の光も差さない書庫にこもって、朝から晩まで本を読み続ける。漢書も和書も仏典も国史も、あらゆるジャンルの蔵書を読破する。三年後に澤庵が来て、「だいぶ人間らしくなってきたな。じゃあ、外に出るか」と幽閉が終わると、武蔵の相貌がまったく別人のようになっていたというエピソードがあります。ひきこもっていても、万巻の書を読むなら、そういうこともあり得ますけどね。

成瀬　高島易断の創始者がそうですね。監獄に入れられて、その間に、それこそ万巻の書を読んで、出てから高島易断を作ったんです。

内田　僕が韓国で知り合ったパク・ソンジュン先生は、大学院生の時に『資本論』のコピーを所蔵していた罪で反共法にひっかかって、懲役一五年の刑を受けて、一三年間獄中にいたそうです。その時、同房者に在日の人たちがいて、彼らのところには日本から本が送られてくる。ハングルの本は検閲されますが、日本語の本には検閲がない。だから、政治の話でも経済の話でも何でも入ってくる。それが読みたい一心で、同房の在日の人に日本語を習って、日本の本を読めるようになったそうです。そうやって、獄中に差し入れられる日本語の本をむさぼるように読んで、民主化で出獄した後にアメリカに留学して博士号を取ったというすごい人なんです。パク先生の話を聞くと、獄中でも万巻の書を読破して別人となって獄から出て来るということが本当にあるんだなということが知れます。でも、書物じゃなくて、ゲームだと……。

成瀬　ゲームの達人になって出て来ちゃったら困ったものだよ（笑）。

内田　ゲーム自体が日進月歩だから、三年間夜も寝ないでスペースインベーダーの達人になって出て来たら、「『スペースインベーダー』って何？」となっていたら、どうするんでしょう。

成瀬　ゲームの弊害はすごく大きいですね。

内田　本当に大きいと思います。でも、ゲーム業界は多額の政治献金をしているはずだし、メディアにも広告を出稿しているから、メディアは取り上げません。

成瀬　今ゲーム業界はイケイケだからね。

内田　パチンコは警察利権だし、カジノにもいろいろな利権が群がってくるんだと思います。この間、東急ハンズで変な格好のクッションを見つけて、何だろうと思って店員に訊いたら、ゲーム用のクッションでした（笑）。テレビゲームをやっていると、筋肉がだんだん衰えてきて身体をまっすぐに支え切れなくなるので、顎を乗せられる抱き枕みたいなクッションでした。こういうのを考える人も、子どもの健康を慮《おもんぱか》ってということなのかもしれませんが……。

成瀬　石抱きの刑みたい（笑）。

内田　本当にそうですよ。実際にゲームのやりすぎで骨格が歪んだり、筋肉が落ちたりということはあると思います。

成瀬　ずっと座り続けるのはよくないし、目も悪くなるし、いいことないですよね。今はスマートフォン全盛で、スマホを持ってないと人間じゃないぐらいの勢いですが、この現象は人類の破滅に向かう前段階のような気がします。

内田　子どものことを考えると、ゲームはどこかで法律で規制して欲しいと思いますね。先のない老人が暇つぶしにやるのはいいですけれど、未来のある子どもたちがゲームで人生を空費するのは見るに忍びない……。

成瀬　法律上、すべてのゲームやスマホの機能の中に、一時間たったらパッと消えるというシステムを入れるのは？　そうしないと発売できないという。

内田　世界的に見ても、巨大なマーケットですから、どうやっても法的な規制はできないと思います。

成瀬　そうやって人類が滅んでいくのでしょう。人類は滅ばないとダメです（笑）。

不安と恐怖を煽《あお》る車内広告

内田　最近電車に乗って気になるのは、車内広告に、ムダ毛取りと痩身の広告がやたら多いことです。どうしてそんなに強迫的になってまで身体を加工しようとするんでしょう。人間はこういう形であるのが美しいという定型的な思い込みがあって、その定型に合わせて自分の身体を加工したり、制御するべきだという発想が僕は嫌いなんです。成瀬先生のように、欲しい時に欲しいものを欲しいだけ食べるというのと正反対でしょう。

成瀬　ナチュラルがいいよね。

内田　見ていると、車内広告って、不安と恐怖心を煽るようなものばかりなんです。「英語ができないとえらいことになりますよ」「ムダ毛があると大変ですよ」「痩せないとあなたの人生は終わりです」みたいな感じで人々の不安をかき立てている。「今からでも遅くはありません。早く心を入れ替えましょう」と、人をせき立てて、改心を迫るような感じのものばかりでしょう。電車に乗って、あれを見ていると気鬱になってくるんです。電車で通勤している人たちは四六時中こういうタイプの強迫的な広告を見ていて、気分悪くならないんでしょうかね。

「英会話ができないととんでもないことになりますよ」というタイプの英会話学校の広告もすごく多い。でも、「英会話ができなきゃダメだ」ということをみんなが言い出してから、学生たちの英語力はむしろ落ちているんです。それは大学で教えていると実感する。英会話学校というのは、たぶん「やってもやっても上達しない」ようにプログラムが組まれているからじゃないかなと思うんです。だって、すらすらと上達してしまったら、マーケットがなくなるから。だから、なかなか上達しないように、あるいは多少できるようになっても「そんなんじゃまだまだ」と不充足感を感じるように仕組まれているんじゃないか。次から次へと新しいメソッドが出て来るでしょ。

成瀬　○○ラーニングとかね。

内田　「これまでの英語教育の方法はまったく非効率でした。この新しいメソッドならたちまち上達します」というのって変ですよ。「まったく新しいメソッド」がどうして次から次へと出て来るんですか。本当に有効なメソッドがあったら、それひとつで終わりになるじゃないですか。

成瀬　霊感商法のようだ（笑）。

内田　英語上達には「秘法」があって、その「秘法」さえ習得すればたちまち上達します、今まで上達しなかったのはその「秘法」を学んでいなかったからです、という言い方をしている限り無限に集客できる。でも、本当に適切な方法があって、誰でもたちまち上達するなら英語学校に対するニーズはなくなってしまう。

成瀬　それは一番まずいですね。

内田　外国語って、切羽詰まって、何とかその言葉で意思疎通しないとどうにもならないという窮状に追い込まれないと話せるようにはならないんです。メソッドの適不適の問題じゃなくて、本当に必要かどうかというきわめて個人的な切実さの問題なんです。

内田　不登校がこれだけ増えたのは、やっぱり学校教育がおかしくなってしまって、子どもにとって学校がつまらない場所になったことが最大の原因だと思います。ふつうの知的な批評性のある子どもにはとても耐えられない場所になっている。僕も小学校五年生の頃に一時期不登校になりましたけれど、それは学校に行くと「嫌なこと」があったからです。学校に行くと生命力が減殺するのがわかる。だから、自分を守るために行かない。この判断は生物としては正しかったと思います。

だから、今でも学校に行かない子どもたちは「学校に行くと生命力が減殺するから」ということを直感しているんだと思います。昔は不登校になると行くところがなかった。家にいてもすることがない。だから、僕の場合は転校した。学校に行くのが嫌になって、「学校に行け」と言われると身体が硬直して、泣き出すというような病的な症状が出て、さすがに何日かして母親が「これは深刻な事態だ」と判断して、転校させてくれた。転校先ではまったくそんなことは起きなくて、卒業するまで愉快に通学しました。

でも、今は学校に行かなくなると、「別の学校に行く」というオルタナティブに切り替える前に、子どもがまた登校するんじゃないかと親が期待したまま、不登校状態が長く続くように見えます。そうすると、自室にはＰＣがあってゲームがあって、チャットしたり、映画観たりしていれば、とりあえずは退屈しないで済む。そうすると、そのまま不登校状態が何年も続くということが起こり得る。

学校が子どもにとって楽しくないのは、学校が「差別化と格付け」の機関になっているからです。子どもたちを規格化して、工業製品みたいに品質管理しようとしている。みんな同じ型にはめられて同質化された上で、品質の良否を数値的に評価されている。みんなに同じことをやらせて、その相対的な優劣を競わせている。そんな場所に置かれたら、子どもたちがうんざりして当然なんです。みんな一人ひとり才能も資質も違うんですから。一人ひとりが自分の個性的な力を育てて、「余人を以ては代え難い」人間に自己形成してゆくのを支援する代わりに、「みんなができることを、みんなよりうまくできる」ことを強制するわけですから、楽しいわけがない。

学校の先生たちによく「どうすれば学校教育が復活するでしょうか？」と訊かれるんですけれど、僕の答えは簡単で「年齢や進度に基づいてクラス編成をしないこと、成績をつけないこと」このふたつです。年齢も理解度もばらばらの子どもたちが同じ教室の中でごそごそしている。それでいいんです。

成瀬　昔の寺子屋ですね。

内田　そうです。同じ学年の子たちに同じ内容を教えて、理解度によって優劣の格付けをするということが学校教育を不毛なものにしているんです。別にどの学年で、何を学ぼうといいじゃないですか。学びたくなった時に学べばいい。

成瀬　基本的に「これを知りたい」と言って教わりに来るのが学問です。本当はそれがいいんです。一年で教わるものとか五年で教わるものではなくて、「これを教えますよ。知りたい人は来てください」といって、一年生と五年生の興味のある子がバーッと来て教わる。理想形はそうだと思います。

ヨーガ教室によっては初級クラス、上級クラスという分け方があるようですが、僕の教室では三〇年通っているベテランも初めて体験する人も、同じことをしてもらいます。手取り足取り懇切丁寧に指導するのではなく、指導は同じ動作をするための補助程度です。ある意味では不親切です。ただ、自分で考えるチャンスを多くしています。だから、同じ動作をしていても、一人ひとりのレベルは違うし、自分自身を見つめる観察力にも大きな差があります。いわれた通りのポーズができればいいのではなく、その間の体内変化や心の変化などを的確に把握することが重要なのです。いわれた通りのポーズをするのは、丸覚えをする勉強のようなものです。自分で考えて、自分で問題を解決することが、勉強では大切なことです。ヨーガも自分で考えて、自分の状態をしっかりと観察することが重要なのです。

内田　僕もそう思います。そうすれば、子どもが子どもに教えるようになる。人に教えるという経験が一番学力を伸ばすのです。これはどんな領域でも同じです。ただ、勉強しただけでは身につかない。学んだことを教える。出力する時に入力したものが定着する。人間というのはそういうふうにできているんです。

「学び合い、教え合う」という仕組みをどうやって整備するかということが最優先の教育的課題なんです。文科省でも、教員でも、親でも、本当に子どもたちの学力を上げたいと願っているなら、子どもたちが「学び合い、教え合う」仕組みを作るのが一番効率的なんです。でも、現実には「子どもが子どもを教えるなんてこと、できるはずがない」と思っている。「教えたら学力がつくなんてこと、あるはずがない」と思っている。むしろ、わからない子に教えて、うっかり学力がついたら競争で不利になるから、そのままわからない状態にとどめておいたほうが自分にとって「得だ」と考えるように仕向けている。だから、子どもたちはいつの間にか、周りの子どもたちの学力向上を妨害することをごく自然にやるようになる。これは見ていてわかります。同学齢集団内部での相対的な優劣だけを競わせていたら、そうなるに決まっているんです。

成瀬　社会人学級とかはいいですよね。大人になってから、「若い時にやりたかったけど、やれなかった勉強がある」といって、大学に行って教わるじゃないですか。純粋にやりたかったもの、知りたかったことを追求するわけでしょう。こういう形の学びを大学、高校、中学、小学校の段階でやれていたら最高ですね。

内田　いつ学んでもいいんです。

成瀬　本来、学校はいろいろなことを学びに行くところだから、ただ行くだけじゃ意味がないんです。就職のために大学に入ってもしようがない。それこそ大学こそ、勉強したいもの、知りたいものがあるから入らなきゃいけないんです。今の大学では、その辺が本末転倒だものね。「この学校に行くと就職に有利だ」とか「大学に入っちゃえば、あとは遊べる」というのは違うでしょう。本当は、入ったら勉強しなきゃいけなくて、逆だものね。

内田　日本の学校教育は本当に危機的なところまで来ています。学術研究も発信力がどんどん劣化して、先進国では最下位レベルまで落ちている。今、日本人がもらっているノーベル賞は三〇年前、四〇年前の教育の成果ですから。受賞者たち自身が口々に「今のような研究環境ではノーベル賞受賞者は出ません」と断言しているんです。そう言われていても、政府は教育環境を改める気はまったくない。相変わらず、上意下達で管理して、教育成果を数値的に表示させて、教育機関や教員や子どもたちを「格付け」して、その査定に基づいて、資源を傾斜配分するという芸のないことを延々と続けている。そのせいで学校教育が荒廃して、子どもたちの学ぶ力が衰えているということについての自覚がない。

だから、仕方なく、いろいろな人たちが、学校に代わる代替システムを作って、学校教育の不全を補正しようとし始めました。僕が凱風館でやっている「寺子屋ゼミ」も一種のオルタナティブ・スクールです。社会人が中心ですけれど、大学生や院生も来ているし、大学の先生も来ているし、不登校の中学生も来ている。そういう子たちは学校には行きたくないけれども、凱風館のゼミには来る。年齢も、最年長が六八歳、最年少は一四歳。性別も、職業も、ばらばらです。そういう人たちが三、四〇人集まって、一クラスを形成して、そこでゼミをしている。ゼミで扱われる問題は僕にとって興味のあるトピックです。それについての対話に中学生も大学の先生も同じ資格で参加する。これも「学び合い　教え合い」のひとつの形じゃないかと思います。

成瀬　近頃いわれている高等学校無償化については、僕は反対ですね。高等学校の費用は無償化ではなくて、中学を出たら、あとは本当に勉強したい人が高等学校に行けばいいと思っています。

高等学校を無償化するだけのお金があるなら、出産費用と保育費用を無償化すればいいんです。そうすれば、日本の人口問題とかいろいろなものが解決していくでしょう。だって、手当てしなければいけないのは、高等学校に入って勉強させることではなくて、出産費用と保育児童の問題のほうが大きいじゃないですか。そちらを無償化してあげればいいのに、何で高等学校無償化なのでしょうか。

内田　教育無償化はいいことだと僕は思います。ただ、無償化して、政府や自治体が金を出すのだから、教育内容に関しては全部国の指示に従えということを必ず言い出すと思います。教科書を指定し、教育方法を指定し、現場の教員たちのフリーハンドを全部奪う。無償化の代償は教育の自由を損なうというかたちで出て来ます。これは必ずそうなる。僕は教育に公費を投じることには賛成ですけれど、今の無償化をめぐる政府や自治体の動きを見ていると、彼らが学校教育介入の口実を得るためにそういうことを言っているのは明らかです。

成瀬　なるほどね。僕はそういう観点ではよくわからなかったんだけれども、そんなお金があるんだったら、保育園を無料にしたほうがいいと思ったわけです。

人間の身体は最後の自然

内田　今、子どもたちを田舎で育てようという動きがありますが、子どもたちを自然の中で育てるというのは、本当に大切なことだと思います。養老孟司先生も「子どもたちを田舎に連れていって、ただ自然の中に放り出しておく」という教育政策を何年も前から提案されていますね。携帯も持たせないし、ゲーム機にも触らせない。とにかく自然環境に放り込んでおく。何週間かそうやって置いておけば、それだけで子どもたちのものの見方が変わると養老先生はおっしゃっています。

成瀬　たしかにそうだよね。

内田　養老先生は鎌倉で保育園の理事長をされているんですけれど、先生は虫とりが好きですから、園児たちを連れて、山に虫とりに行く。養老先生が捕虫網を持って走り回っていて、ふと振り返ると、幼稚園児たちは道路から一歩も踏み出さないんだそうです。道路から出て、林の中で捕虫網を振り回しているのは、養老先生ただひとりで、子どもたちはみんな道路から外には踏み出そうとしないで、道路の上で網を振り回している。それを見て慄然《りつぜん》としたということをこの間伺いました。子どもたちが自然を恐怖しているというか、人工的環境から出ることに対して不安を感じている。

成瀬　今の子どもたちは土を知らないのですね。

内田　そもそも土を触るということがないそうです。昔はどんな幼稚園でも保育園でも、砂場があって、水場があって、子どもたちは砂に水をぶっかけて、グチャグチャのドロドロにして泥団子をこねたりして遊んでいたものですけれども、今はそういうものがなくなったそうです。

うちの門人の小児科の先生に訊くと、「今の子どもたちは手でものを握る力が弱くなった」そうです。ものを握るという技術が身についていないんだそうです。「雲梯《うんてい》」という遊具がありますよね、あれができない。つるっと落ちてしまう。

成瀬　握る力がない。

内田　というより、「握る」という技術を獲得していないんです。子どもは泥団子みたいなものを飽きずにグニャグニャ握っていることによって「ものを握る」という動作に熟達するわけですけれど、今は子どもたちが砂場で泥んこ遊びをして、どろどろに汚れることを先生も保護者も嫌がる。だから、泥だらけになって遊ぶ機会が失われてしまった。その影響で、ものを握る能力が落ちているんじゃないかという話でした。

成瀬　それは動物的能力が落ちて、生命力が低下しているということですね。握る力は動物的な能力だから、握って生活している動物が握れなくなったら命はほとんど終わりです。

内田　武道をやっているとわかりますが、指の握りや手のひらの開きなど、「手の内」は全身の骨格や筋肉の調整と不可分の関係にある。太刀《たち》の柄を握る手の内は実によくできた形で、手の内を正しい形にするだけで、全身がぴたりと調う。すごく微妙なんです。指の角度を少し変えただけで、身体の構造や強さが変わる。そういうデリケートな指や手のひらの操作が身体運用にとって決定的に重要なんだということは、説明しても、なかなかわかってもらえないですね。

合気道の稽古では、「握る」という動作を精密に行うことをかなり繰り返し教えています。でも、手の形や指の向きを変えるだけで、全身の構造や機能が変わるというのは、機械論的な身体観を植え付けられた現代人にはなかなか理解してもらえませんね。

成瀬　ムドラー（印）は手の形をこういうふうに変えるのね。生徒たちには、手の形の違いで身体の中を流れるエネルギーがどう変わるか観察させて、こうやったら明らかに変わるという感性を磨かせていくんです。絶対違いますからね。ほんのちょっと手の形が変わっただけで、身体の中のいろんなものが変わる。そういうものがちゃんと見つかるというか、自分で感じられる感性を持たないとダメですね。

内田　成瀬先生みたいに子どもの時から自分の身体を玩具《おもちゃ》にして、おもしろがるというのは、本当にいいことだと思います。甲野善紀先生もひとりでいる時は、することがないとひたすら自分の身体を観察したり、動かしてみたり、実験しているそうです。だから何時間放っておかれても飽きないんだそうです。これって、ゲームに熱中することと反対ですよね。ゲームやPCだと、いくら観察しても、最終的には「人為」に出会うわけですけれど、身体というのはどれほど人工的で都市化された環境でも、最後に残る「自然」なわけですから、そこからは無限の情報が汲み出せる。身体についての情報が汲み尽くされるということは原理的にあり得ないんですから。

養老先生がおっしゃるように「自然の中に放り込んでおけ」ということができない環境にいるなら、ひたすら自分の身体を観察し、動かし、仮説を立てて、実験して、仮説を検証してみる。自分の身体という自然についての探究はエンドレスですからね。

成瀬　それが、まさにヨーガのしていることです。ヨーガは何をするのかというと「自分を知る」作業です。自分の身体を観察し、自分の心を観察していくことで、少しずつ自分を知って

いく。最終的には「自分のすべてを知り尽くす」ことで、人間としての勉強を卒業となるのです。つまり、人間としての勉強をするために、もう一度生まれてくる必要がなくなる。それをムクティ（解脱）といいます。それが最高の死に方です。

死を最高の状態で迎えるには、現世に対する未練や執着を減らすことです。財産、家族、名誉、美食など、手放したくないことはたくさんあります。それが現世に対する執着です。だから「死にたくない」のです。しかし、財産がなくなったらなくなったでいい。家族を失ったら、寂しいけれど、仕方ないこと。名誉なんかいつなくなってもいい。美味《おい》しいものを食べられなくても、まあいいか。という意識を持てれば、今死んでも後悔はないという「最高に充実した今」を獲得できるのです。

ヨーガ行者のめざす死は、さらにもっと積極的です。マハーサマーディ（偉大な悟り）というのですが、人生でするあらゆる勉強を終えて、自分の意志で、自分の決めた日時に「自然死」するのです。もちろん自殺ではないです。自殺は、他殺以上に罪深いです。まだするべきことが残っている人生を、自分自身で殺してしまうのは絶対にダメです。

人は死の瞬間に、これまでの人生を走馬灯のように観るといわれています。それが本当かどうかはわかりません。もし、本当だったら、つまらない走馬灯は観たくないです。楽しいこともあまりなく、ついてない人生の連続で、感動することもあまりなかったとしたら、その人生の走馬灯は、実につまらないものになってしまい、それを人生の最後に観るのは、悲しすぎます。その逆に充実した人生を歩んできて、楽しい日々を過ごしてきたとしたら、ドラマチックで愉快で、楽しい走馬灯を観ながら死ねるのです。

僕は死の瞬間にそういう走馬灯を観ようと思っています。そのために、いろいろな人と出会い、いろいろなことを経験して一瞬一瞬を無駄にせず、毎日を過ごしています。これは、楽しい走馬灯を観るための準備です。だから、死の瞬間を迎える時には、しっかりとその状態を見逃さないようにしようと今から楽しみなのです。かといって、死にたいのでも、自殺願望があるのでもないです。その逆で、日々生き生きと過ごし続けようと思っています。少しでも、楽しい日々を過ごせれば、楽しい走馬灯が増えることになります。ですから、死にたいとは思わないけれど、死の瞬間が来るのが楽しみなのです。これが「善く死ぬ」ということだと思います。

あとがき　死の瞬間の走馬灯をドラマチックなものにするために

成瀬雅春

ヒマラヤ修行を終えて下山する時に、片方の足が曲げられなくなり苦労したことがありました。標高四〇〇〇メートルから三〇〇〇メートルまで一八キロの下山なので、のんびりしていると日が暮れてしまう。暗くなってからの下山は命の危険が伴う。そこで、斜め歩きをしたら少し楽になった。さらにピョンピョンと斜め飛びのような状態にすると、距離が稼げた。そこで、そのまま斜め飛びし続けて一八キロの下山を無事終えました。

ふつうに考えたら、つらい下山ということになるけれど、僕はとっても楽しかったです。ふだんの歩き方と違う歩き方ができるというのは、ラッキーなことです。足が痛むといっても死ぬほどの痛みじゃないし、これまでの人生で一度も経験したことのない歩き方ができたことのほうが、嬉しかったです。

子どもの頃から、自分の身体に異変が起きると興味津々となります。例えば腹痛でトイレに駆け込んで、脂汗を流したりすると、もう少し痛くなってもいいな、と思うのです。なぜなら、一過性だからです。その痛みが激しいほど、過ぎ去った後の爽快感が増すからです。

子どもは怪我をすると、友だちに自慢します。ヒマラヤで岩が落ちて顔を直撃したり、岩からずり落ちたりすると、かすり傷を負ったり、顔が腫れ上がったりします。そうすると、僕は嬉しくなります。この怪我は日本に戻ったら自慢できると思うのです。

痛い思いや危険な目に遭うことは、人間を成長させる材料だと思っているので、そういうことがあると、嬉しくなるのです。


現代生活のストレスの多くは人間関係です。嫌な上司がいたり、家族同士のいさかいがあったりします。嫌な上司だと思ったまま会社勤めをしていると、それが後々の大病の原因になります。嫌な上司、嫌な会社という考えは、少しだけ変えてみるといいです。嫌だと思っている上司の、どの部分が嫌なのかを分析してみると、実はそれほど嫌ではないかもしれません。逆に、そういう上司のいいところを探してみると、案外見つかるかもしれません。上司に叱られた時も、ただ機嫌を悪くするのではなく、上司の立場に立って考えると、叱られても仕方ないな、と思うかもしれません。相手の立場に立つと、嫌だという思いは半減されます。「嫌だ」

という思いは、視野を狭めます。ちょっと冷静になり、俯瞰《ふかん》できると視野が広がります。

例えば、ちょっと肩が触れ合っただけで、ケンカが始まりそうな光景があります。本人同士は、この時、視野が狭くなっています。目の前の相手しか見えていません。ところが、ケンカだといって、やじ馬が集まりだします。この人たちは、「馬鹿なことをしようとしているな」という目で見ています。もし、本人がその野次馬の視点に立てれば、馬鹿なことをしようとしているという理解ができて、ケンカを回避できるのです。

人間関係がおかしくなった時に、その野次馬の視点になれれば、トラブルが回避できるのです。それが瞑想能力です。瞑想は自分自身を違う視点から眺める技術です。

僕は常々歩くことを推奨しています。可能であれば、早歩きがいいです。いろいろある健康法はそれぞれに効果はあるとは思いますが、究極的な健康法は「歩く」ことだと思います。健康長寿を願うなら、歩けることを維持し続けることです。人は歩けなくなると、そこから急速に生命力が落ちるのです。……とはいっても、その後の生き方で生命力を落とさない方法はいくらでもあります。

パラリンピックで活躍する選手は、それぞれにハンディを負っています。しかし、そのハンディを負う前より、充実した人生を歩んでいる人が多いです。もちろんハンディは負わないほうがいいのです。でも、ハンディを負ったら、そこからどう生きるかで、人生は大きく変化します。

僕の研修に参加していたKさんは、身体能力が高く身体が柔軟な人で、たまに僕の指導の手伝いをしてもらっていました。その彼が、しばらく研修に来なくなったので、どうしているのかなと思っていたら、ALS（筋萎縮性側索硬化症）を患っていたのです。ふつうに考えたら、悲惨な人生だと思うかもしれません。

最初に見舞いに行った時は、会話ができました。「この程度のことは、成瀬先生の修行に比べたらたいしたことないです」という彼の言葉で、寝たきりの人生を愉しんでいるんだと思いました。その次に行った時には、パソコンを使って絵画制作をしていました。その後何度かお見舞いに行ったのですが、その都度症状は悪化して、眼球の動きでコミュニケーションを取るようになりました。

ですが、彼の瞳は生き生きと輝いて、見舞いに行く都度、むしろ輝きが増していました。彼の中では、間違いなくダイナミックな人生を歩んでいるのです。眼球を動かすことしかできない彼は、しっかりとした意識を持って強靭な精神力で前向きに生きています。Kさんに負けないように頑張らなければと思うこの頃です。

誰しも寝たきりにはなりたくないです。しかし、もし寝たきりになった時に「これで人生が終わった」と思うか「よし、これからの人生を愉しむぞ」と思うかで大違いです。僕が寝たきりになった時には、動き回る必要がなくなった分、たっぷりと瞑想ができるぞと考えます。そう考えれば、これほど自由な時間を満喫できるのは贅沢《ぜいたく》だと思いませんか。まあ、そのためには瞑想のテクニックを磨いておく必要はあります。……といっても、そんなに難しいことではないです。目を閉じて心を落ち着けることが、スタートです。そこから先は、自分のことに意識を向ければそれでOKです。

寝たきりになっても人生は終わりません。これまで積み上げてきた人生を回顧するだけでも相当の時間を要します。これまで訪れた旅行先を思い出して、そこでの楽しかったことを再現してみてください。楽しい時間を過ごした友人、知人。大きな仕事を成功させた時のこと。家族と過ごした楽しい日々のすべてを思い返そうとすると、かなりの瞑想能力が鍛えられます。さらに、これまで疑問だったことについて、じっくりと考えてみましょう。何でもいいんです。ありがたいことに時間はあります。宇宙の果てはどうなっているのか？　ピラミッドはどうやって建造されたのか？　ブラックホールはどうなっているのか？　元気に動き回っている時には、疑問に思っていても、じっくりと考える暇はなかったでしょう。だからこそそのチャンスなのです。こういったことに思考を巡らせるだけで瞑想能力は格段に向上します。もし寝たきりになったとしても、人生が終わったなんて思う暇はありません。それまでより忙しい人生が始まるのです。

今回は、内田先生との二回目の対談本です。対談本で二回目というのは、贅沢この上ないです。この対談で気づいたのは内田先生の記憶力のすごさです。子どもの頃のことでも、スラスラと出てきます。僕は、その逆で、子どもの頃のことは、ほとんど覚えていません。この差は一体何なんでしょうか？　情けない話ですが、小学校入学前までの生活は、本当に記憶にないのです。わずかに、自分の身体を使って遊んでいたぐらいのことは覚えています。幼稚園や保育園に入ったわけでもないので、同じ年頃の友だちはできず、遊び相手といえば、年上の従兄弟《いとこ》ぐらいでした。内田先生の、あの鮮明な記憶力は、うらやましい限りです。しかし、そういう対照的なふたりだからこそ、対談がおもしろいのかもしれません。二回目の対談が成立したのも、そんなところに要因があったのだろうと思います。

内田先生と対峙《たいじ》すると、私を見つめる目の輝きに魅力を感じます。私からどんな話が出るのだろうか？　どういう答え方をするのだろうか？　など、興味津々の目で見られると、何となく楽しくなります。子ども同士が、親の目を盗んで「何をして遊ぼうか？」と策略を練っているような気分になるのです。たぶん、内田先生も同じような感想を抱いているのだと、勝手な想像をしています。同じ時間、同じ場を共有しても、相手によっては、そういう楽しい気分になれません。そこが、人間関係の難しさでもあり、おもしろさでもあるのでしょう。仲良しの友だちと放課後を過ごすような、和気藹藹《あいあい》とした対談でした。内田先生との対談は、今後もありそうな気がしています。

本文でも触れましたが、善く死ぬ方法は、より善く生きることです。充実した人生を歩めれば、必然的に「善い死」を迎えられます。何にでも興味を持って、行動的な日々を過ごすことが秘訣《ひけつ》です。内田先生も私も、その意味ではいろいろなことに興味を持って、日々を過ごしています。内田先生も私も、そしてみなさまも、今この瞬間からの人生が勝負です。死の瞬間の走馬灯をドラマチックなものにするために、日々いろいろな人と出会い、多くの経験を積んで、充実した人生を歩んでください。

撮影／中谷航太郎
（45、71、85、106、239ページ）

内田 樹（うちだ たつる）

一九五〇年東京都生まれ。神戸女学院大学名誉教授。思想家。著書に『日本辺境論』（新潮新書）、『私家版・ユダヤ文化論』（文春新書）、共著に『一神教と国家』『荒天の武学』（集英社新書）他多数。

成瀬雅春（なるせ まさはる）

ヨーガ行者。ヨーガ指導者。成瀬ヨーガグループ主宰。倍音声明協会会長。ハタ・ヨーガを中心として独自の修行を続け、指導に携わる。著書に『死なないカラダ、死なない心』（講談社）他多数。

集英社新書〇九七三C

善《よ》く死《し》ぬための身体《しんたい》論《ろん》

二〇一九年四月二二日 第一刷発行

著者……内田《うちだ》 樹《たつる》／成瀬《なるせ》雅春《まさはる》

発行者……茨木政彦

発行所……株式会社集英社

東京都千代田区一ッ橋二-五-一〇 郵便番号一〇一-八〇五〇

電話 〇三-三二三〇-六三九一（編集部）
〇三-三二三〇-六〇八〇（読者係）
〇三-三二三〇-六三九三（販売部）書店専用

装幀……原 研哉

印刷所……大日本印刷株式会社 凸版印刷株式会社

製本所……株式会社ブックアート

定価はカバーに表示してあります。

 ISBN 978-4-08-721073-6 C0210 Printed in Japan

集英社新書　好評既刊

哲学・思想――C

憲法九条を世界遺産に	太田光／中沢新一
悪魔のささやき	加賀乙彦
「狂い」のすすめ	ひろさちや
偶然のチカラ	植島啓司
日本の行く道	橋本　治
「世逃げ」のすすめ	ひろさちや
悩む力	姜　尚中
夫婦の格式	橋田壽賀子
神と仏の風景「こころの道」	廣川勝美
無の道を生きる――禅の辻説法	有馬頼底
新左翼とロスジェネ	鈴木英生
虚人のすすめ	康　芳夫
自由をつくる　自在に生きる	森　博嗣
創るセンス　工作の思考	森　博嗣
天皇とアメリカ	吉見俊哉／テッサ・モーリス-スズキ
努力しない生き方	桜井章一
いい人ぶらずに生きてみよう	千　玄室
不幸になる生き方	勝間和代
生きるチカラ	植島啓司
韓国人の作法	金　栄勲
強く生きるために読む古典	岡　敦
自分探しと楽しさについて	森　博嗣
人生はうしろ向きに	南條竹則
日本の大転換	中沢新一
空《くう》の智慧、科学のこころ	ダライ・ラマ十四世／茂木健一郎
小さな「悟り」を積み重ねる	アルボムッレ・スマナサーラ
科学と宗教と死	加賀乙彦
犠牲のシステム　福島・沖縄	高橋哲哉
気の持ちようの幸福論	小島慶子
日本の聖地ベスト１００	植島啓司
続・悩む力	姜　尚中
心を癒す言葉の花束	アルフォンス・デーケン
自分を抱きしめてあげたい日に	落合恵子

a pilot of wisdom

- その未来はどうなの？ 橋本　治
- 荒天の武学 内田　樹／光岡英稔
- 武術と医術 人を活かすメソッド 甲野善紀／小池弘人
- 不安が力になる ジョン・キム
- 冷泉家　八〇〇年の「守る力」 冷泉貴実子
- 世界と闘う「読書術」思想を鍛える一〇〇〇冊 佐高　信／佐藤　優
- 心の力 姜　尚中
- 一神教と国家 イスラーム、キリスト教、ユダヤ教 内田　樹／中田　考
- 伝える極意 長井鞠子
- それでも僕は前を向く 大橋巨泉
- 体を使って心をおさめる　修験道入門 田中利典
- 百歳の力 篠田桃紅
- 釈迦とイエス　真理は一つ 三田誠広
- ブッダをたずねて 仏教二五〇〇年の歴史 立川武蔵
- イスラーム　生と死と聖戦 中田　考
- 「おっぱい」は好きなだけ吸うがいい 加島祥造
- アウトサイダーの幸福論 ロバート・ハリス

- 科学の危機 金森　修
- 出家的人生のすすめ 佐々木　閑
- 科学者は戦争で何をしたか 益川敏英
- 悪の力 姜　尚中
- 生存教室 ディストピアを生き抜くために 内田　樹／光岡英稔
- ルバイヤートの謎 ペルシア詩が誘う考古の世界 金子民雄
- 感情で釣られる人々 なぜ理性は負け続けるのか 堀内進之介
- 永六輔の伝言 僕が愛した「芸と反骨」 矢崎泰久・編
- 淡々と生きる 100歳プロゴルファーの人生哲学 内田　棟
- 若者よ、猛省しなさい 下重暁子
- イスラーム入門 文明の共存を考えるための99の扉 中田　考
- ダメなときほど「言葉」を磨こう 萩本欽一
- ゾーンの入り方 室伏広治
- 人工知能時代を〈善く生きる〉技術 堀内進之介
- 究極の選択 桜井章一
- 母の教え 10年後の『悩む力』 姜　尚中
- 一神教と戦争 橋爪大三郎／中田　考

政治・経済——A

闘う区長　保坂展人
対論！ 日本と中国の領土問題　横山宏章／王雲海
戦争の条件　藤原帰一
金融緩和の罠　藻谷浩介／河野龍太郎／小野善康／萱野稔人
バブルの死角 日本人が損するカラクリ　岩本沙弓
TPP 黒い条約　中野剛志・編
はじめての憲法教室　水島朝穂
成長から成熟へ　天野祐吉
資本主義の終焉と歴史の危機　水野和夫
上野千鶴子の選憲論　上野千鶴子
安倍官邸と新聞 「二極化する報道」の危機　徳山喜雄
世界を戦争に導くグローバリズム　中野剛志
誰が「知」を独占するのか　福井健策
儲かる農業論 エネルギー兼業農家のすすめ　金子勝／武本俊彦
国家と秘密 隠される公文書　久保亨／瀬畑源
秘密保護法—社会はどう変わるのか　宇都宮健児／堀敏明／足立昌勝／林克明
沈みゆく大国 アメリカ　堤未果
亡国の集団的自衛権　柳澤協二
資本主義の克服 「共有論」で社会を変える　金子勝
沈みゆく大国 アメリカ〈逃げ切れ！ 日本の医療〉　堤未果
「朝日新聞」問題　徳山喜雄
丸山眞男と田中角栄 「戦後民主主義」の逆襲　佐高信／早野透
英語化は愚民化 日本の国力が地に落ちる　施光恒
宇沢弘文のメッセージ　大塚信一
経済的徴兵制　布施祐仁
国家戦略特区の正体 外資に売られる日本　郭洋春
愛国と信仰の構造 全体主義はよみがえるのか　中島岳志／島薗進
イスラームとの講和 文明の共存をめざして　内藤正典／中田考
「憲法改正」の真実　樋口陽一／小林節
世界を動かす巨人たち〈政治家編〉　池上彰
安倍官邸とテレビ　砂川浩慶
普天間・辺野古 歪められた二〇年　宮城大蔵／渡辺豪
イランの野望 浮上する「シーア派大国」　鵜塚健

a pilot of wisdom

集英社新書 好評既刊

近現代日本史との対話【幕末・維新―戦前編】
成田龍一 0964-D

時代を動かす原理＝「システム」の変遷を通して歴史を描く。〈いま〉を知るための近現代日本史の決定版！

「通貨」の正体
浜 矩子 0965-A

得体の知れない変貌を見せる通貨。その脆弱な正体を見極めれば未来が読める。危うい世界経済への処方箋！

わかりやすさの罠 池上流「知る力」の鍛え方
池上 彰 0966-B

「わかりやすさ」の開拓者が、行き過ぎた〝要約〟や〝まとめ〟に警鐘を鳴らし、情報探索術を伝授する。

羽生結弦は捧げていく
高山 真 0967-H

さらなる進化を遂げている絶対王者の五輪後から垣間見える、新たな変化と挑戦を詳細に分析。

近現代日本史との対話【戦中・戦後―現在編】
成田龍一 0968-D

人びとの経験や関係を作り出す「システム」に着目し、日中戦争から現在までの道筋を描く。

メディアは誰のものか――「本と新聞の大学」講義録
モデレーター 一色 清／姜尚中
池上 彰／青木 理／津田大介／
金平茂紀／林 香里／平 和博 0969-B

放送、新聞、ネット等で活躍する識者が、メディア不信という病巣の本質、克服の可能性を探る。

京大的アホがなぜ必要か カオスな世界の生存戦略
酒井 敏 0970-B

「変人講座」が大反響を呼んだ京大教授が、最先端理論から導き出した驚きの哲学を披瀝する。

マラッカ海峡物語 ペナン島に見る多民族共生の歴史
重松伸司 0971-D

マラッカ海域北端に浮かぶペナン島の歴史から、多民族共存の展望と希望を提示した「マラッカ海峡」史。

アイヌ文化で読み解く「ゴールデンカムイ」
中川 裕 0972-D

アイヌ語・アイヌ文化研究の第一人者が贈る最高の入門書にして、大人気漫画の唯一の公式解説本。